TONGHUA DAWANG KAIJIANGLE

王子和小仙女

廖胜根 ◎ 编著

上海科学技术文献出版社
Shanghai Scientific and Technological Literature Press

图书在版编目（CIP）数据

王子和小仙女/廖胜根编著．——上海：上海科学技术文献出版社，2018
（童话大王开讲了）
ISBN 978-7-5439-7563-7

Ⅰ．①王… Ⅱ．①廖… Ⅲ．①童话－作品集－世界 Ⅳ．①I18

中国版本图书馆CIP数据核字（2017）第241127号

责任编辑：李 莺　苏密娅
封面设计：吕宜昌

丛书名：童话大王开讲了
书　　名：王子和小仙女
廖胜根　编著
出版发行：上海科学技术文献出版社
地　　址：上海市长乐路746号
邮政编码：200040
经　　销：全国新华书店
印　　刷：三河市人民印务有限公司
开　　本：787mm×1092mm　1/16
印　　张：8
字　　数：70千字
版　　次：2018年5月第1版　2018年5月第1次印刷
书　　号：ISBN 978-7-5439-7563-7
定　　价：28.00元
http://www.sstlp.com

目录 CONTENTS

- 1 王子和小仙女
- 3 十二个猎人
- 6 三片羽毛
- 12 "傻瓜王子"
- 16 大鼻子王子
- 20 调皮王子
- 24 密达斯王子
- 27 真假王子
- 31 渔夫与魔鬼
- 34 王子和飞毯
- 39 三个和尚
- 42 恶毒王子
- 44 谜语王子
- 46 伊凡王子和火鸟

48 阿拉丁与神灯
55 聪明的小裁缝
61 桌子、金驴和棍子
64 快乐的汉斯
66 猎人海力布
70 聪明的宝石匠
74 猫老爹
79 勇士海森
84 聪明的阿凡提
87 后羿射日
92 让诺的神笛
94 宝莲灯
101 打火匣
110 七美人
116 苹果公主
118 小红帽

王子和小仙女

国王和王后有个独生儿子。一天午夜时分,王子走进王宫里的小树林,在松软的草地上散步。突然,王子看见月光下的草地上,站着一个只有小木偶般大小的仙女。小仙女披散着长长的头发,头上戴着镶满宝石的金冠。王子很喜欢这个小巧玲珑的仙女。他伸出手想拉住小仙女,小仙女却突然消失了,王子拽下了她的一只小手套。

第二天晚上,王子又走进了树林。他取出怀里的小手套,情不自禁地吻了吻。这时,小仙女又出现在他的面前。他俩在月光下漫步,说也奇怪,娇小的仙女明显地长大了。从此以后,王子和仙女每晚都在林子里相会。王子越来越爱小仙女，小仙女也一夜夜地长大。到了第九个晚上，小仙女竟长得和王子一般高了。

小仙女对王子说："我愿意成为你的妻子。但是，你一辈子只准爱我一个人！""我爱你始终如一。我向你发誓，娶了你以后，我对别的女人看也不会看一眼。"王子说。"请你一定要记住自己的诺言。否则，我就不再是你的妻子了。"三天以后，王子和小仙女举行了隆重的婚礼，幸福地生活在一起。

七年后的一天，王子在皇宫外遇见了一位棕黄头发的美女。美女的眼睛始终盯着王子，和妻子挽着手的王子忍不住看了美女三次。转眼间，王子的妻子就变矮了。美女一直跟着王子，王子又偷偷地回头看了一次美女，结果他的妻子又变回了原来娇小的模样。当王子回到王宫时，小仙女已经小得再也看不见了，最后彻底消失了……

王子娶了棕黄头发的美女。然而，新妻子非常贪婪，如果不满足她的要求，她就会又哭又闹。王子实在无法忍受，只好把她赶出了皇宫。王子十分后悔，常常思念娇小的仙女。每天晚上，王子都会走进小树林，四处寻找小仙女。直到王子变得白发苍苍，小仙女也没有回到他的身边……

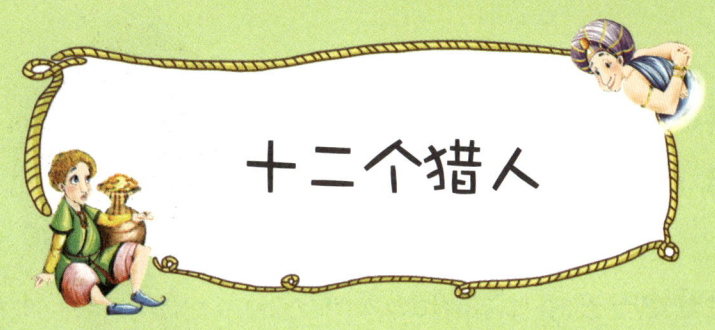

十二个猎人

从前有个王子,他非常爱他的女朋友。但是,因为他重病的父亲的缘故,他不得不离开她一段时间。他给女朋友留下一枚订婚戒指,并对她许下诺言:"我一定会回来找你的,你好好地在这里等着我。"

可是,王子的父亲临死前要他一定向一位公主求婚。国王去世以后,王子继承了王位,他不得不遵照父亲的嘱咐,向那位他并不喜欢的公主求婚。

王子的女朋友知道后非常难过,她不是一个脆弱的姑娘,她决定用智慧让心爱的人回到自己身边。她告诉疼爱她的父亲,说她想要十一个长得和自己一模一样的姑娘。父亲四处寻找,满足了她的心愿。她把十一个姑娘和自己都装扮成猎人,然后来到宫殿,问新国王是否需要"猎人"。国王见"他们"如此英俊,于是全都留下了。

国王有一头能辨别真伪的神狮子。神狮子告诉国王：他雇用的"猎人"其实是十二个美丽的姑娘。神狮子还告诉国王：只要在厅里撒上些豌豆，就可以凭脚步的轻重识别出男人与女人。国王的一个仆人与"猎人"们关系很好，他把国王将要识别"猎人"的事情告诉了姑娘们。

第二天，姑娘们迈着稳健有力的步子，坚定地踏在豆子上，没有一颗豆子乱滚。"猎人"们没有露出破绽。

又过了几天，神狮子告诉国王：在前厅放几辆纺车，可以识别"猎人"们是女人还是男人。国王的仆人又将这一秘密告诉了姑娘们。于是，姑娘们走过前厅时，看都没看纺车一眼，她们再次通过了国王的测试。

国王从此不再相信神狮子的话，他更加喜欢和信任这些"猎人"了。十二个"猎人"总是跟随国王外出打猎，尽心照顾和保护他。

有一天，她们听说国王的新娘快要到了。这是一个多么糟糕的消息啊！国王从前的女朋友难过得一下子就晕倒了。国王不知道他喜爱的"猎人"出了什么事，赶快跑过去扶了一把，结果把她的手套扯掉了。

国王看到了自己送给深爱的女朋友的订婚戒指。他仔细端详这个"猎人"的脸，终于认出眼前这个与自己朝夕相处的人就是自己的女朋友。

当国王得知女朋友为自己所做的一切时，他感动极了，深情地吻着她。女孩睁开眼睛，痛苦地说："如果不能永远和你在一起，我宁愿不再醒来。"国王心中的热情被唤醒了，他紧紧握住了女孩的手。

国王立即派人去告诉即将到来的公主，说他已经有妻子了，请求她回自己的国家去，还说一个人既然找到了旧钥匙，就没必要再配新的了。国王的婚礼很快就举行了，那是世界上最隆重的婚礼。神狮子也重新受到了宠爱，因为它说的都是真话。

三片羽毛

从前有一位国王,他有三个儿子。大王子和二王子精明狡猾,三王子忠厚老实。

几年后,国王老了,身体越来越虚弱。他不知道自己死后应该选哪个王子来继承王位。一天晚上,腰间插着三片羽毛的神仙给国王出了一个有趣的主意。

第二天,国王派人把三个儿子叫到身边,对他们说:"在我临死前,你们谁能给我带回最美丽的戒指,我就把王位传给谁。"说完,国王将儿子们领到大殿外面,拿出三片羽毛抛向空中,用力吹了一口气,说:"你们三人分别沿着

羽毛所指示的方向去找吧。"

　　三片羽毛，一片向东飘去，一片向西飘去，最后一片留在了原地。大王子和二王子分别选了飘向东和飘向西的羽毛，把留在原地的羽毛留给了三王子。三王子看着羽毛呆呆地站着，不知道该怎么办，因为羽毛并没有告诉他戒指的方向。

　　就在三王子伤心的时候，突然，羽毛下的地面出现了一扇门板。三王子恍然大悟，拉开门板，看到一条长长的通道。

  三王子沿着楼梯小心翼翼地走了下去。没多久,他看见了一只巨大的蟾蜍,四周还有许多小蟾蜍。

  "三王子,你在想什么呢?"大蟾蜍不仅能开口说话,而且认得三王子,因为三王子曾经在它小时候救过它的命。

  一开始,王子被蟾蜍吓得魂飞魄散,但他转念一想:"蟾蜍能说话,说不定是上天的旨意,我不妨问问它知不知道戒指的下落。"

于是，三王子恭敬地向大蟾蜍问道："你能告诉我世界上最漂亮的戒指在哪儿吗？"

大蟾蜍听了，什么话也没说，领着几只小蟾蜍抬来了一个大箱子。大蟾蜍打开箱盖，从里面拿出一枚精美绝伦的戒指来。

三王子高兴极了，谢过蟾蜍后，拿着金光闪闪的戒指回到王宫，交给了国王。

国王满意地点了点头，将一无所获的大王子和二王子叫到跟前，宣布："按照约定，我的王位应该传给三王子。"然而，两个哥哥不服气，非要与三王子再比试比试。

无奈之下，国王领着他们来到一条河边，说："你们谁能

找回世界上最迷人的姑娘，并让姑娘以最快的速度游过河，谁就是王位的继承人。"说着，国王又将三片羽毛抛向空中，再次让他们顺着羽毛的三个方向去找。

这次，大王子和二王子吸取了上次的教训，一起选了掉在原地的羽毛，而三王子则选了飘向东方的羽毛。

三王子顺着羽毛指的方向来到了一片森林，奇怪的是那只大蟾蜍又出现了。

三王子很高兴，赶忙上前问候大蟾蜍，然后恭敬地说："大蟾蜍，你还能帮助我吗？我想将世界上最迷人的姑娘带回家。"

大蟾蜍听后，点了点头，将身边的一只小蟾蜍变成了一位美丽的公主，让三王子带了回去。

第二天，三个王子都带着美丽的姑娘回到了国王的身边。按照约定，国王将三位姑娘领到河边比试游泳。

随着国王的一声令下，三位姑娘同时跳下了河。大王子和二王子在岸上卖力地为各自的姑娘鼓着劲儿，都希望自己找到的姑娘能赢。最后，只有三王子带回的姑娘游到了对岸，另外两位姑娘都失去了踪迹，只剩下两只乌鸦的尸体漂浮在水面上。

这时，大王子和二王子都愤怒地叫嚷起来："该死的乌鸦

把我们都骗了!"

原来,大王子和二王子在蟾蜍所在的那间地下室里遇到了一只乌鸦。他们见乌鸦丑陋不堪,便想杀死乌鸦。乌鸦为了保命,只好将两只小乌鸦变成了两位美丽的公主送给他们。乌鸦不会游泳,因此淹死在河里。

当国王看到大王子和二王子狼狈不堪的样子时,笑着对他们说:"这下你们没什么意见了吧?"就这样,三王子继承了王位,成为一名受人爱戴的国王。

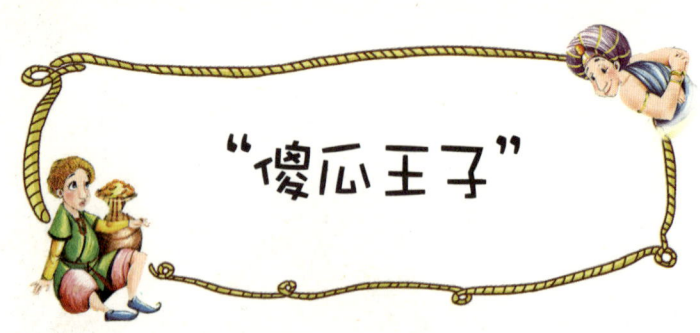

"傻瓜王子"

相传，欧洲曾经有一个贫穷的小国。小国的国王有两个儿子。大王子叫汉斯，忠厚本分，老实得像一个傻瓜，因此大家都叫他"傻瓜王子"；小王子叫希尔，爱耍小聪明，狡猾凶残，却深得国王的信任和喜爱。

一天，某大国的公主被一个巫婆带走了。巫婆临走时说："要想救出公主，除非帮她解开两道难题。"于是，大国国王立即贴出了告示："谁能救出公主，谁就做公主的丈夫。"

小国国王得知后，心里美滋滋的。他相信聪明的希尔一定能解开那两道难题，救回公主。到那时候，自己的国家就不会再被别人瞧不起了。想到这儿，小国国王立即给希尔备好马车，让他当天就去巫婆的城堡。

虽然希尔心里怕得直打鼓，但爱吹牛的他强撑着对父亲说："父王，请您放心，这个世界上还没有我办不到的事情。您在家里为我备好香槟和鹅肝，我一定会凯旋的。"

在路上，希尔驾着马车横冲直撞，故意毁坏庄稼，撞死农夫的鸭子，连路上的蚂蚁也被他轧死。因此，他所到之处，怨声载道。希尔抵达巫婆的城堡后，从城堡里走出来一个面貌丑陋的老太婆。她给希尔出了两道难题："第一，在一个小时内，

把广场上所有的黄豆拾进木桶里；第二，从冰冷刺骨的水池里捞出一把金钥匙。"

希尔一听，脑子里立即乱成了一锅粥，这实在太难了。于是，希尔耍起了小聪明。他取下自己的黄金佩剑交给老太婆，说："智慧在黄金面前是那么得暗淡无光。假如你也是这样想的，那我向你承诺，只要我做了大国驸马，一定封你为国师。"

谁知，老太婆听了冷冷一笑。她招来一阵黑风，将希尔刮进了万丈深渊。

国王不见小儿子回来,又派"傻瓜王子"汉斯去碰碰运气。途中,汉斯总是小心翼翼的。不仅爱护庄稼,见到过路的鸭子,他都会把马车停下来,甚至连一只蚂蚁也不愿轧死。

　　汉斯来到巫婆的城堡,巫婆同样让他解决那两道难题。虽然汉斯觉得很困难,但他还是老老实实地捡起了地上的黄豆。眼看时间就要到了,不知从哪儿来了一群蚂蚁,它们齐心协力帮助汉斯,很快就解决了第一道难题。紧接着,汉斯又跳入深不可测的水池,寻找金钥匙。就在汉斯快要窒息的时候,两只鸭子将汉斯救了起来,并帮他找到了金钥匙。巫婆信守诺言,让汉斯带走了公主。在汉斯和公主举行婚礼的那一天,小国国王醒悟了。原来,最聪明的儿子并不是希尔,而是自己的大儿子"傻瓜王子"。

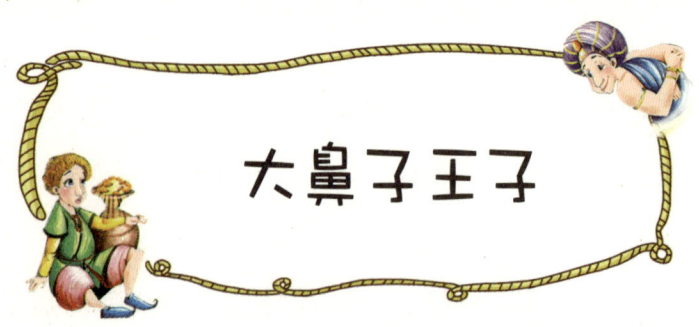

大鼻子王子

在人们心目中，王子都是英俊威武的。然而有这么一个王子，他的鼻子大得出奇，远远看去就像一条黄瓜挂在脸上，难看极了。然而，王子周围的人为了讨他的欢心，都说他的鼻子像天上的月亮一样俊俏。久而久之，王子不再为自己的大鼻子感到难过，反而觉得这是一种美呢。王子长大后，爱上了邻国的一位公主。虽然公主没有大鼻子，但看上去很漂亮。

就在王子和公主举行婚礼的那天，不幸的事情发生了。不知从哪儿刮来一阵黑旋风，将公主卷走了。王子伤心极了，发誓一定要找回公主。

　　原来，带走公主的是一个巫师。他为了报复王子的父亲，诅咒王子永远长着大鼻子，永远都生活在谎言与苦闷之中。除非王子亲口承认自己的鼻子丑，否则诅咒永远都不会被解除。

　　王子骑着骏马翻山越岭，四处打听公主的消息，最后被一个山洞拦住了去路。王子走进山洞，发现有位小鼻子老奶奶正冲着他笑呢："哈哈，你的鼻子太难看了，大得像纺锤一样。"

　　王子听了，又好气又好笑。他指着老奶奶的鼻子笑道："你的鼻子小得那么难看，为什么还笑我？"老人和王子为鼻子的美丑争论起来。

这时，一群仆人围了过来，都说老奶奶的小鼻子好看。可老奶奶走后，仆人们又悄悄地嘲笑老奶奶的小鼻子。王子看到这一切后，突然想起了那些曾经说他大鼻子美的仆人。他想："难道他们也是在对我撒谎吗？"

王子越想越害怕，立即跑出了山洞，继续前行。其实，老奶奶是一位仙女变的。她为了帮王子解除诅咒，故意安排了这场闹剧。

然而，王子还是不肯承认自己的大鼻子丑。仙女只好从巫师手中救出公主，将公主冻在了一块冰块里，放在王子必经的路上。当王子看到公主时，他高兴极了。他赶紧搬来石头使劲向冰块砸去，冰块却纹丝不动。就在王子焦急万分的时候，公

主伸出了手,示意让王子亲吻。然而,王子的鼻子实在太大了,他的嘴唇不管怎样调整都吻不到公主。王子大哭起来:"我的鼻子怎么又大又丑啊,我讨厌我的大鼻子。"

就在这时,神奇的事情发生了。王子的大鼻子变小了,他如愿以偿地吻到了心爱的公主。冰块融化了,公主终于得救了。

老奶奶化做仙女,对王子说:"你终于承认你的鼻子大了。记住:一个不敢承认自己缺点的人是得不到幸福的。"

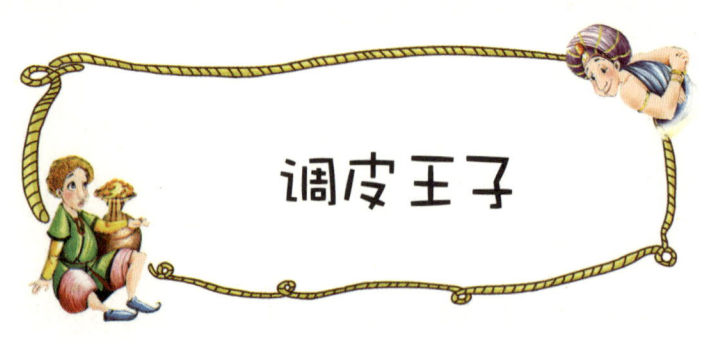

调皮王子

比扬王子是一个从小就爱搞恶作剧的孩子。他一天到晚到处惹是生非,因此人们都叫他"调皮王子"。

一天,调皮王子吹着口哨,一个人无聊地闲逛着。不料,口哨声引来了小魔鬼鲁鲁。鲁鲁是一个矮小的男孩,头上长着一对犄角,身后长着一条短尾巴。

他一见到调皮王子,就嘻嘻哈哈地笑着问:"你就是那个人人见了都讨厌的调皮王子吧,你愿意和我一起去捣蛋吗?"

调皮王子一听,兴奋极了,赶紧点头说:"当然愿意啦,因为我最喜欢搞恶作剧了。论搞怪的点子,谁也没我多,谁也比不上我。"

从此,两个小捣蛋鬼就开始形影不离地到处搞怪了,搅得百姓们不得安宁。

这不,做陶器的老大爷辛辛苦苦做好的泥娃娃——飞飞就首先遭了殃。它的头被比扬当成皮球一脚踢飞了。

这时,狡猾的鲁鲁乘机将比扬的脑袋换成了泥娃娃飞飞的泥巴脑袋。比扬吓得哇哇大哭起来。

然而,鲁鲁假惺惺地安慰他说:"不用难过,反正泥巴脑袋不用想事情,也没有痛苦,这多好呀!说真的,我还挺羡慕你呢。"

几天后,比扬渐渐适应了泥巴脑袋。他开始变得没有痛苦,没有自己的思想,也没有了同情心。他几乎成了一个木偶,完全听命于鲁鲁。

一次，鲁鲁带着调皮王子来到一个无底洞——魔鬼的世界。魔鬼的世界真是黑暗极了。阴冷的风不停地吹过，洞里不时闪着一些阴森的光。比扬不禁害怕起来。

在慌乱中，他弄断了鲁鲁的尾巴。鲁鲁一下子失去了魔力，再也控制不了比扬了。

最后，鲁鲁抛下比扬，悄悄地逃走了。比扬一个人待在无底洞里，吓得大哭起来，悔恨的泪水流成了一条小河。不久，小河就带着比扬来到了一个仙境。

在仙境，比扬得到了一位仙女的帮助。他们准备一起前往无底洞，消灭里面的魔鬼。

比扬来到魔鬼的洞穴，把冰凉的泉水洒到魔鬼的身上，丑陋的魔鬼立即变成了一只癞蛤蟆。

鲁鲁与比扬相遇了。看到怒气冲冲的比扬，鲁鲁吓得赶紧向他求饶，发誓再也不做坏事了。此时的比扬已有了同情心，他最终原谅了鲁鲁，并将断尾巴还给了他。

鲁鲁十分感动，不仅将比扬带出了魔鬼的洞穴，还帮比扬换回了脑袋。比扬开心极了，一路上，他大喊大叫："父王，母后，我回来了，我发誓以后再也不调皮了！"

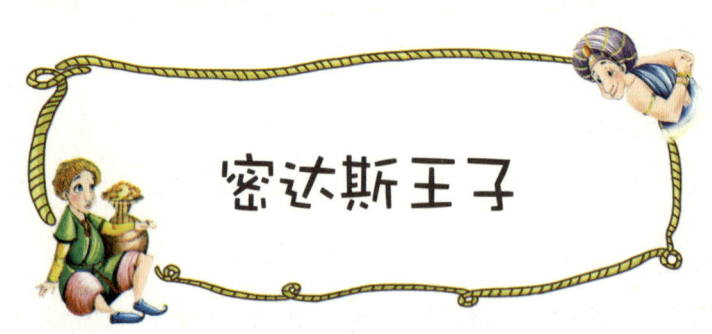

密达斯王子

古罗马曾有一个叫密达斯的王子。他为人十分贪婪，除了黄金，对任何事物都提不起精神。

密达斯王子有一个美丽善良的妻子。王子非常爱她，亲切地叫她"金子麦利玛"。但是如果拿黄金和他心爱的妻子比较，密达斯又会毫不犹豫地选择前者——黄金。

有一天，王宫里来了一位神奇的魔法师。他对密达斯王子说："如果王子殿下真的喜欢黄金，我可以让你具有一种特别的魔法，让你拥有一辈子用不完的黄金。"

密达斯王子听后，高兴极了。他手舞足蹈地说："这实在太美妙了。亲爱的魔法师，你快让我拥有这样的魔法吧，我已经等不及了。"

于是，魔法师满足了密达斯王子的愿望，让他学会了点金术。只要密达斯王子一碰到物品，这个物品就会立即变成黄金。

第二天，密达斯起床后发现，他盖着的被子变成了一大块黄金。

"太神奇了！"密达斯高兴地叫了起来，"我要让我见到的每一样东西都变成金子！"

接着，他用手摸了摸桌子，桌子真的变成了金桌子；他用手摸了摸椅子，椅子也变成了金椅子；他用手摸了摸花朵，花朵变成了金花朵……

然而没多久，让密达斯王子烦恼的事情也接踵而来。他想要吃面包，谁知面包刚碰到牙齿，就变成了金面包；他想要喝一口甘甜的水，谁知水刚碰到舌头，就变成了金水。为此，密达斯王子又饿又渴，什么东西也吃不了了。

妻子麦利玛看到他寝食不安的样子，便跑来询问他原因："亲爱的，你这是怎么了，为什么整日愁眉苦脸呢？"说着，麦利玛伸出手臂想拥抱密达斯王子。

结果，妻子刚一碰到密达斯王子，就立即变成了一尊没有生命的黄金塑像。密达斯王子伤心极了，他开始讨厌起点金术来。因为他不但又饿又渴，还失去了自己最心爱的妻子。这是一件多么不幸的事情啊。

于是，密达斯王子请求魔法师消除他的魔力，让一切都恢复原状。他忏悔道："我终于明白了，金子不是世界上最宝贵的东西，幸福不光是拥有金子，还要拥有亲情。如果能让我的妻子复活，我宁肯失去所有的金子。"

"好吧，你去小河里洗个澡，然后用河水洒在你想要复原的东西上，一切就会恢复原样了！"魔法师告诉密达斯王子。

王子高兴极了，按照魔法师的话向小河奔去，用河水救活了妻子。从此以后，密达斯王子再也不喜欢金子了。他和妻子生活得更加快乐了。

真假王子

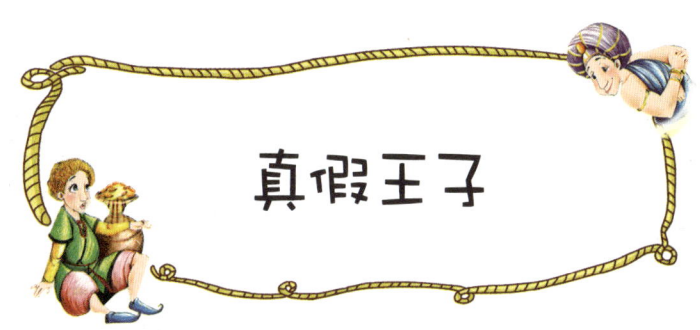

在亚历山大城，有一个叫巴拉的裁缝。他不仅手艺非凡，而且相貌英俊，深受女孩子们的青睐。为此，巴拉很得意，开始想入非非。一天，国王派人叫巴拉缝制一件长袍。巴拉做好后，将长袍披在身上，对着镜子感叹："像我这样英俊的人，一点儿也不比那些王子差。"

晚上，巴拉做了一个梦，梦见自己变成了王子，骑着白马迎娶了世界上最漂亮的公主。

第二天，异想天开的巴拉便披着长袍离开了亚历山大，决心去寻找世界上最美丽的公主。途中，巴拉不小心掉进了河里，幸好遇到一个叫奥菲斯的男子救了他。

巴拉非常感激奥菲斯，答应为奥菲斯带路，前往亚历山大。在交谈中，奥菲斯向巴拉吐露了一个关于自己身世的秘密。原来，奥菲斯是亚历山大的王子。他出世不久，一个占星师告诉国王，说奥菲斯在年满二十岁之前，不能和国王一起生活，否则国家将会面临战争的危险。

国王听后，便把奥菲斯托付给了一个老仆人，并把一把短剑交给他，叮嘱说："你要好好养育王子，教他骑马射箭。等他到了二十岁，让他带着这把短剑来见我。"这次，奥菲斯王子回亚历山大正是要去与父亲团聚。

巴拉听完奥菲斯王子的讲述后，又嫉妒又气愤，因为他心里老觉得丑陋的奥菲斯根本不配做一名王子。

当天夜里，巴拉偷走了奥菲斯王子的短剑，来到了王宫。国王看到自己的短剑后，对巴拉的身份确信无疑。他立即封赏了巴拉，并让他住进了最豪华的寝宫。

看着金光灿灿的珠宝、享受不尽的美酒，巴拉兴奋极了，因为他终于过上了王子的生活。

然而，巴拉的好日子没过几天，悲愤的奥菲斯王子就赶到了王宫。他指责巴拉是一个骗子，说他只是一个裁缝，自己才是真正的王子。在宫殿里，他们争论不休，国王不知道该信谁的话

才好。这时,一个大臣想到了一个办法,悄悄地告诉了国王。

国王听后,立即叫人给奥菲斯和巴拉每人一块布料,郑重地说道:"谁做的长袍最好,谁就是真正的王子。"巴拉听了,心里暗自庆幸。因为对他来说,做一件袍子就和吃饭一样简单。而奥菲斯却是一脸痛苦,拿着布料不知该如何下手,因为老仆人没教他做衣服的本事。

很快,巴拉就把袍子做好了。为了让袍子看起来更漂亮,他还特意在上面镶上许多宝石。可让人没想到的是,国王竟冲着巴拉愤怒地吼了起来:"你果真是一个骗子!如果你是王子,我怎么可能让你当裁缝呢!"

巴拉听完国王的话,吓得瘫软在地上,随即被士兵抓进了监狱。这下,巴拉不仅当不了王子,连裁缝也做不成了。

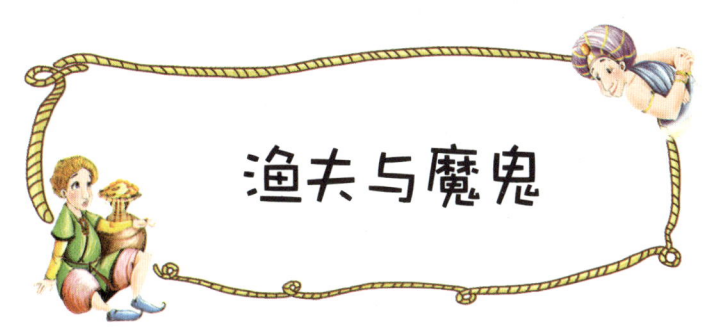

渔夫与魔鬼

大海边住着一个勤劳善良的老渔夫,他每天随着太阳升起出海打鱼,又伴着落日回到家里。他的一生都是这样度过的。有一天傍晚,老人最后一次撒网后,网住了一只被锡纸密封的黄铜罐子。"或许,这个破罐子还可以换几个钱。"老人这样想着,拿起了罐子,发现罐子挺重的。"说不定里面还有什么珍贵的东西呢。"老人心想。于是,他找了一把小刀,小心翼翼地刮去了牢固的锡纸。

只见伴随一股青烟,一个声音从罐子里冒了出来:"谢谢你,老渔夫。虽然你救了我,

但是我却要杀了你。"原来，罐子里囚禁了一个魔鬼，他正狰狞地对着老渔夫笑呢。

"为什么呢？"老渔夫觉得自己很委屈，问道，"我做错了什么啊？难道救你也是一种罪孽吗？"

"哈哈！"魔鬼笑得更恐怖了。他说："好吧，为了让你死得瞑目，我就把整个事情的经过都告诉你。

"我本来是一个天神。可是火神说我作恶太多，就把我囚在了这个罐子里，扔进了大海。我当时暗暗地想，如果谁在这个世纪救了我，我将让他享尽人间所有的荣华富贵。可是，一百年过去了，我没有等到那个人。

"后来，我又想，如果谁在接下来的一百年里救了我，我会让他变得很富有。可是，仍然没有谁碰到这个罐子。

"到了第三个世纪，我等得不耐烦了。但是，我仍然对自己说，如果谁救了我，我会实现他的三个愿望。"

"唉!"魔鬼深深地叹了一口气,忽然愤愤地说,"我等了整整三个世纪呀,却没有一个人来救我。于是,我发誓,从此以后,不管谁救了我,我都要杀了他。"

"哈哈!"老渔夫突然大笑起来,到最后笑得都直不起腰来了。他这一笑把魔鬼搞糊涂了,他本来以为老渔夫会吓得脸色发白,跪地求饶呢。老渔夫笑完后,不屑地说道:"快别在这里骗人了。这个罐子口还没有你的手指头大呢,我才不相信你是从罐子里变出来的呢。"说完,老渔夫做出一副完全不相信的样子。

"哼!"魔鬼没想到居然有人敢怀疑他无边的法力。他生气地说:"好,你给我看好了,我马上就钻进去给你看!"

魔鬼真的又回到了罐子里。老渔夫赶忙用锡纸把罐子紧紧地密封好,然后大声说:"你这个可恶的魔鬼,回到大海里去吧。像你这样恩将仇报的家伙,永远也别想得到自由!"说完,老渔夫把罐子扔到了大海里,愉快地回家了。

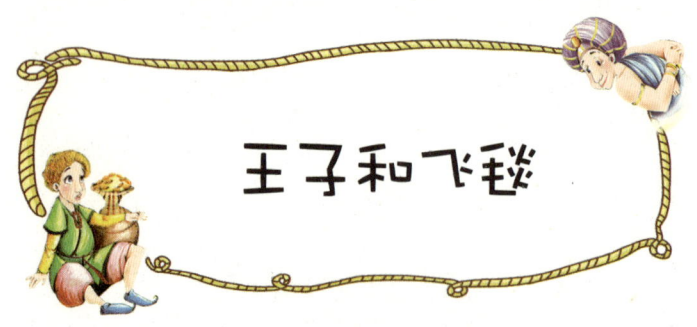

王子和飞毯

在古老的印度，有三位英俊而勇敢的王子。三位王子都很聪明能干，他们同时爱上了邻国的诺哈公主。究竟应该把诺哈公主嫁给哪一位王子呢？这可让邻国国王犯了难。

为了公平起见，国王还是想出了一个主意。他把三个王子

叫到身前，说："你们三人去全世界寻找三件神奇的宝贝。一年后看谁的宝贝最神奇，我就把诺哈公主许配给谁。"

三个王子听了，都接受了国王的条件。接着，他们立即动身前去寻找世界上最为神奇的宝贝。一年的时间很快就过去了，三位王子都各自找到了一件宝贝。

这天，他们在一片金色的海滩相聚了。大王子霍新的宝贝是一块非常神奇的毯子，上面织有奇异漂亮的花纹。大王子介绍道："这可不是一块普通的毯子，它是一块飞毯，坐上它可以在很短的时间内到达万里之外的地方。"

二王子艾默德的宝贝是一个又大又红的苹果。远远看去，它和其他苹果没有什么区别。但二王子一介绍，大家都惊奇不已。

二王子是这样介绍的："这个苹果可神奇了，无论病得多重的人，只要闻一闻这个苹果，就会立即好起来。"

最后，轮到三王子阿里介绍自己的宝贝了。他得意地拿出一根象牙管子。大家见了都忍不住哈哈大笑起来："你这根破管子是啥宝贝呀？"

三王子郑重地介绍说："你们可别小看我的这根象牙管子。只要我从象牙管子里望出去，就可以看见世界上任何一个角落。"说着，阿里拿起象牙管子朝着远方的宫殿望去。

"不好了！"阿里大声叫了起来，"诺哈公主快要病死了！"

听了他的话，大王子和二王子也急得像热锅上的蚂蚁。大王子提议道："我们先坐着飞毯赶到王宫，再用苹果医治诺哈公主。"

不一会儿，三人就坐着飞毯赶到了王宫，可是诺哈公主已经只剩下最后一口气了。二王子艾默德赶紧将红苹果放在诺哈公主的鼻子下，让诺哈公主轻轻地嗅了嗅。转眼间，诺哈公主睁开了眼睛。她的脸色渐渐红润起来，一会儿就完全康复了。

可是到底应该将公主许配给谁呢？三件宝贝在整个过程中都起了重要作用，缺一不可。三件宝贝可都是世界上最神奇的东西。国王左右为难，不知如何是好。

这时，宰相向国王献计说："既然三位王子都那么优秀，那就让他们比赛射箭吧。谁射得最远，就让谁娶诺哈公主。"

大王子铆足了劲，将弓拉得满满的，"嗖"的一声，箭像长了翅膀一样飞了出去。三王子阿里也使出全身力气将箭射了出去，他射得比大王子还要远。

轮到二王子艾默德了。他的箭像一阵风，快速地朝前飞去，远得士兵们都找不到了。

国王立即宣布将诺哈公主许配给二王子艾默德，婚礼将在三天后举行。大王子和三王子都真诚地祝他们幸福。

让所有人都想不到的是，二王子的箭并非因为射得太远才没有找到，而是被诺哈公主悄悄地藏了起来，因为她早就爱上了二王子。虽然这对另外两个王子很不公平，不过这有什么关系呢？重要的是他们彼此相爱。

三个和尚

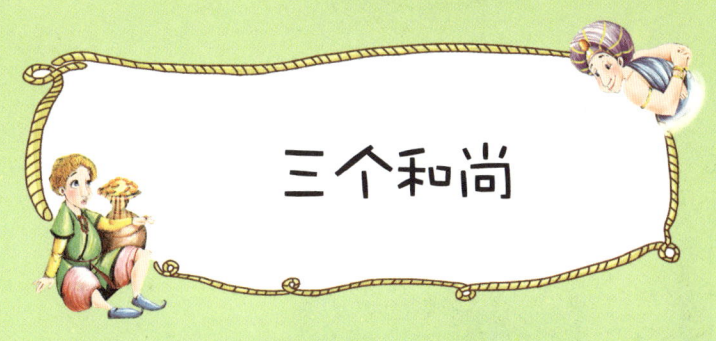

  在很远很远的一座山上，有座小庙，住着一个小和尚。他每天的生活就是挑水、念经、敲木鱼，实在无聊的时候就给摆放观音菩萨像的案桌上的净水瓶里添添水，或者在夜里捉捉老鼠什么的。他每天只用做一个人的饭菜，洗一个人的衣服，挑一个人用的水……这样的生活倒也悠闲自在，轻轻松松。

  不久，庙里来了个高和尚。之所以这样称呼他，是因为他实在太高了，估计有两个小和尚那么高吧。

  "渴死我啦！"高和尚一进门就大叫道。接着，他轻而易举地举起小和尚平时装水的大水缸，"咕噜咕噜"一口气就把里面剩的大半缸水喝光了。小和尚只能在一旁瞪眼睛。

  到了晚上，小和尚的肚子饿得"咕咕"叫。可是他却没法做饭吃，因为水都被高和尚喝光了。

"你去把水打回来吧!"小和尚对高和尚说,"就在山腰上,到湖边就一条直路,很容易找到的。"

高和尚心想:两个人吃饭,却要我一个人去挑水,太吃亏了。"我们一起去抬水吧!我第一次去,你该给我带带路呀。万一我迷路了就不好了,不知道什么时候才能把水打回来呢。况且你在这里闲着也是闲着。"高和尚说。

小和尚觉得高和尚说得蛮有道理,就同意了。但是两个人一次只能抬一桶水,怪麻烦的。他们俩又斤斤计较,要求水桶必须放在扁担的中央才能心安理得,谁也别想占谁的便宜。虽然吵吵闹闹的,但他们每天总算还是有水喝有饭吃。

后来,庙里又来了一个胖和尚,他也是一来就把大半缸水喝光了。不同的是，他喝完了还抱怨道："这么大的两个人，才挑这么点水。"

"想喝水自己挑！"小和尚和高和尚一起大声说道，他们可从来没有这么团结过，他们想，得先给新来的和尚一个下马威。只可惜胖和尚不吃这套，他挑来一担水后，立刻就把它喝光了。

从此，三个和尚谁也不挑水，大家都没水喝了。他们各念各的经，各敲各的木鱼，观音菩萨像前的净水瓶没人添水，柳枝也枯萎了。到最后，连老鼠跑出来偷东西，他们也懒得起床管，结果老鼠是越来越猖獗。

一天，一只老鼠偷吃灯油打翻了烛台。熊熊的大火燃了起来，顺着布帘烧到了房顶。三个和尚这才一起奋力救火，提桶的提桶，拿盆的拿盆……终于把大火扑灭了，他们也因此清醒了。从此，三个和尚在生活中齐心协力、互相帮助，水缸里每天都是满满的。

恶毒王子

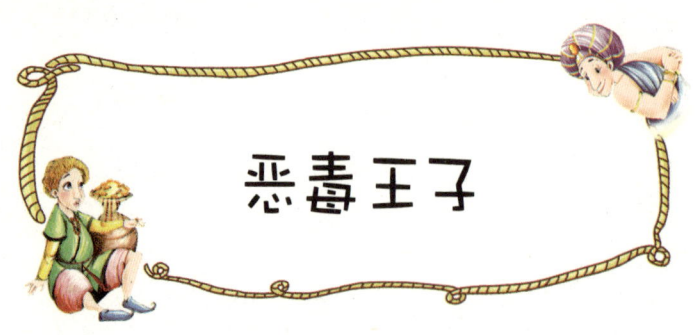

从前，有一个野心勃勃的王子，满脑子都是各种贪婪的妄想：征服世界上所有的国家，成为世界上最富有的人。

因此，王子率领军队四处打仗，用抢掠的方式将战败国的财富源源不断地运回国内，然后再让战败国的人民为他日夜不停地修建宫殿。

三年过后，一座世界上最豪华的宫殿建成了。整个宫殿全用黄金做成，但人们都说它是用无数人的尸骨和鲜血铸成的。

然而，贪婪的王子仍不满足。他让世界上最好的工匠为他

打造塑像，将这些塑像矗立在世界上的每个角落，让人们日夜颂扬他的功绩和伟大。

一天，王子来到教堂。看到里面只有上帝的塑像，却没有自己的塑像。他十分生气，命令教父将上帝的塑像立即毁掉，换上自己的塑像。教父回答："王子殿下，你的确是世界上最了不起的人，但是对于上帝来说，你是那么的渺小。"王子听了，大发雷霆，嚷着要征服上帝。

王子叫来一群邪恶的巫师，为他打造了一艘世界上最强大的飞船，准备开往天堂，与上帝决战。

途中，飞船一帆风顺，没有遇到上帝的任何阻挠和挑战。于是，王子站在船头，大笑起来："难道上帝是胆小鬼吗？为什么不敢与我决战！"

就在这时，甲板上传来了一个微弱的声音："你敢和我交战吗？"王子顺着声音低下头，发现竟是一只蚂蚁在说话。

王子抬脚就踩死了蚂蚁。然而让他没想到的是：一只只蚂蚁源源不断地从飞船的夹缝中涌了出来，毁掉了飞船。飞船重重地撞在王子的宫殿上，成了一堆废铁。后来，人们一看到王子，就会笑着问他："你不是世界上最伟大的王子吗？怎么会被小小的蚂蚁打败呢？"

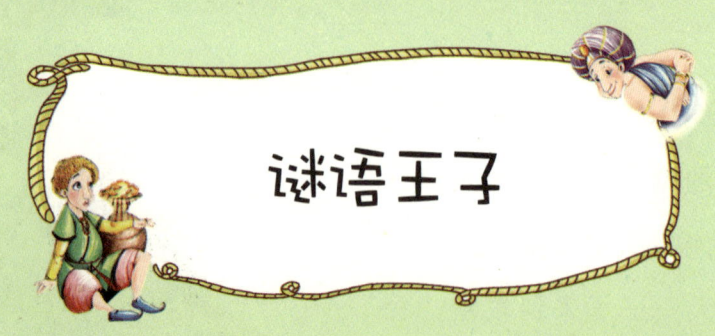

谜语王子

从前,有一位王子,非常喜欢旅行,常骑着骏马周游各地。一次,王子误入了一片黑森林,直到傍晚也没找到出口。最后,他不得不在一户农家借宿。农家女是一个善良的女孩,可她的母亲是一个恶毒的巫婆。巫婆想毒死王子,幸亏巫婆的女儿将有毒的酒倒进了马槽,否则王子就再也不能去旅行了。虽然王子得救了,但他的骏马被毒死了。巫婆招来了乌鸦,它们大口大口地吃着马肉。王子气愤极了,用佩剑将乌鸦杀死,把它们装进自己的口袋,连夜逃走了。

第二天夜里,王子又到一家酒店投宿。谁知店主是一个强盗头子,他趁王子熟睡时,偷走了王子口袋里的乌鸦和黄金

佩剑。这个强盗头子将乌鸦煮成汤来庆功，结果被有毒的乌鸦毒死了。王子醒来后，取回佩剑继续赶路。

第三天，王子终于走出了黑森林，来到了一个陌生的王国。此时，该国的公主正在举行猜谜招亲大会，要是谁出的谜语能让公主三天内猜不出答案，他将是公主的丈夫，反之则会被立即处死。

王子得知后，很感兴趣，忙跑过去想试一试。王子给公主出的谜语是："什么人从不想杀人，却杀死了一个该杀的人。"公主听了，绞尽脑汁地想了两天，也没想出答案。

眼看三天的期限就要到了，公主只得蒙面潜入王子的住处，希望能从王子的梦中获得答案。果然，王子在睡梦中说出了店主误食有毒乌鸦而丧命的事情。公主高兴极了，正要离开，却被惊醒的王子抓住了。公主不得不脱掉长袍，逃回了城堡。第三天一早，公主得意地宣布答案，并下令将王子处死。临刑前，王子拿出公主留下的长袍对众人说："公主是因为偷听了我的梦话才知道答案的，不信大家看看这件长袍吧。"面对自己的长袍，公主羞愧难当，她主动向王子承认了错误。最后，在大家的欢呼声中，刑场变成了婚礼的殿堂，王子与公主成了幸福的一对。

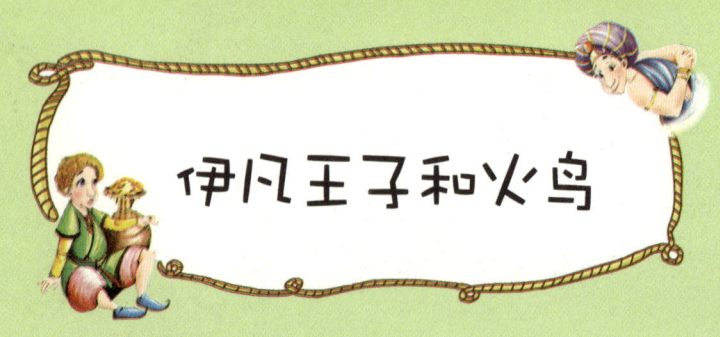

伊凡王子和火鸟

从前有一个国王,他有三个儿子。国王有一座富丽堂皇的花园,花园里长着一棵苹果树,树上结满了金苹果。

有一天,一个卫兵报告说:"金苹果被人偷了。"国王派人四处侦查,没有结果。国王很忧愁。他的三个儿子对他说:"父王,你不要忧愁了,我们亲自去看守花园。"于是,三个儿子轮流看守花园。

大儿子从傍晚到午夜,睁大眼睛看守着树上的金苹果,守了半天,一个人影也没发现。他困极了,躺在青草地上呼呼大睡起来。

第二天早晨,国王问大儿子:"你看见偷金苹果的人没

有?"大儿子回答:"没有。我睁大眼睛看了一个通宵,可是一个人也没有看见。"

第二天晚上,二儿子去看守花园,他想:"反正哥哥也没看见,我也说没看见。"他睡了一个晚上。早晨,他对国王说没有看见小偷。

该三儿子看守了。三儿子伊凡王子守着花园,四处查巡,听到响动赶快看一下,疲倦了就哼哼曲子。午夜的钟声敲响了,花园里闪过一道亮光。伊凡王子跑去一看,一只闪着火焰颜色的火鸟正站在树上啄苹果。伊凡轻轻地爬上苹果树,捉住了火鸟。奇怪的是,火鸟很温驯地依偎着他,它的翅膀下还藏着一封信。伊凡把火鸟与信交给国王,国王看了信后,哈哈大笑:"我忠实的儿子,火鸟是邻国的信使,它带来一个好消息,邻国要和我们国家结成友好联盟。它怕我们不能发现它,就啄了金苹果。你干得很漂亮!"

阿拉丁与神灯

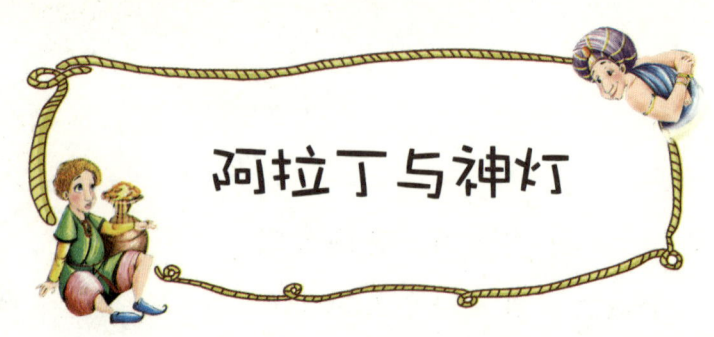

古老的东方有一户以缝纫为生的贫苦人家。这家人只有一个孩子,名叫阿拉丁。阿拉丁非常贪玩,成天不回家,父亲也拿他没办法。

后来,父亲去世了。没有了父亲的管教,阿拉丁更加无法无天了。有一天,阿拉丁在街上遇到了一个魔法师。魔法师一眼就认出了阿拉丁是他一直在寻找的能打开宝库的

孩子。于是，他抱住阿拉丁，哭着说："阿拉丁呀，我可怜的侄子，我终于找到你了，我是你失散已久的亲叔叔呀！"

魔法师跟着阿拉丁回了家，他对阿拉丁的母亲说："我一定会好好照顾我亲爱的侄子，把所有的财产都留给他！"刚开始，阿拉丁的母亲对这个自称为自己丈夫的哥哥的人抱着怀疑的态度，但听见他愿意把所有的财产都留给儿子时，她心中的疑虑立即消失了。她已经完全相信了这个人。

魔法师知道自己的诡计得逞了，便说："我想把阿拉丁带到外地教他学做生意。"阿拉丁的母亲当即同意了。第二天清晨，魔法师就领着阿拉丁一块儿走了。他们不停地走，路上片刻都没有休息。也不知走了多长时间，最后他们终于到达了目的地。

魔法师心里非常高兴，因为他的计划就快实现了。他念了一阵咒语，随着一声巨响，地上突然现出了一块石板，当中系着一个铜环。阿拉丁大吃一惊，转身就想逃跑。魔法师找到的这个宝藏之门，除了阿拉丁之外没人能够开启。他见阿拉丁要逃跑，立刻说："这下面有很多宝物，你想拿多少都可以。现在，你去握着铜环，把石板掀起来吧。"阿拉丁听说有宝物可

以拿,心里高兴极了,就按照魔法师的话去做。他打开石板,发现了一个地道。

魔法师对阿拉丁说:"你顺着地道往前走,到了底层,你会发现很多间房子,里面装满了珍宝。但你必须到第四间房子去,那间房子的天花板上挂着一盏油灯,你要取下油灯,然后把它带回来。"

魔法师嘱咐完,又从手上取下一枚戒指,戴在阿拉丁的食指上,接着说道:"这个戒指能保护你。"阿拉丁走下地道,按照魔法师的吩咐取下了吊在天花板上的那盏油灯,吹灭它,倒掉灯中的油,把它装进胸前的衣袋里,转身往回走。

在回来的路上,他经过一座花园,园中的大树上挂满了名贵的珠宝玉石。阿拉丁以为这些宝石不过是一些漂亮的玻璃珠,就摘了许多准备带回家玩。由于身上带的宝物实在太多了,阿拉丁无法爬出地道口。他对魔法师说:"叔叔,拉我一把。"

魔法师却说:"不,你先把油灯递给我。"他做这一切事的唯一目的就是要占有这盏具有神奇魔力的油灯。阿拉丁没有答应,因为油灯在最下面,不方便拿。

魔法师以为阿拉丁要将神灯据为己有,于是他念起咒语,把地道口关闭了。阿拉丁就这样被关在了装满宝物的地道中。

这时阿拉丁才明白被这个自称为自己"叔叔"的人给骗了。他十分慌乱,无意间触碰到了戴在手指上的戒指。

瞬间,一个威风凛凛的巨神出现在他面前,他大声地说:"主人,你需要我做什么?"

阿拉丁想起魔法师给他戴戒指时说的话,他高兴地对戒指神说:"我要你把我带回地面。"话

音刚落,他就已经站在地面上了。阿拉丁又惊又喜,赶快离开了那个可怕的地方。

一到家,阿拉丁就对母亲嚷嚷:"妈妈,我饿死了,快给我准备午饭!"母亲为难地说:"孩子,家里已经没有任何食物了。""那就把我带回来的那盏灯拿去卖掉,换些钱回来。"

阿拉丁的母亲拿起灯看了看,对阿拉丁说:"真脏呀,我先把它擦干净,这样也许可以多卖几个钱。"她刚擦了一下,一个可怕的巨神突然出现在她面前,粗声粗气地对她说:"我的主人,我来了!"

阿拉丁的母亲吓了一大跳,立刻晕了过去。阿拉丁见状赶忙跑过来,对巨神说:"灯神啊!你就给我弄些食物来吧。"

灯神听了阿拉丁的吩咐,转眼就不见了。不一会儿,他端来一桌丰盛的饭菜,随后就立即消失了。

阿拉丁的母亲醒来后看到那么多热气腾腾的饭菜,十分惊讶。阿拉丁把他跟灯神打交道的经过从头到尾讲了一遍。母亲吓坏了,对阿拉丁说:"那你就把这个东西留下吧,但是不要

在我面前使用它。"

就这样，阿拉丁和母亲过上了富裕的生活。此时，阿拉丁才明白那些从花园中摘来的几袋"玻璃珠子"都是名贵的珠宝。

有一天，阿拉丁在大街上看见了皇帝的女儿。从见到公主的那一刻起，阿拉丁就深深地爱上了她。他立刻跑去向皇帝提亲。

皇帝根本就没把阿拉丁放在眼里，说："你准备好十盘珠宝再来向公主求婚吧。"

阿拉丁回家把那些"玻璃珠子"拿来了。这让皇帝大吃一惊，只好答应把公主嫁给他。

当天，阿拉丁和公主举行了盛大的婚礼。阿拉丁又让灯神造了一座华丽的宫殿，他和妻子幸福地生活在这里。

但是，这些事被魔法师知道了，他的心里十分忌妒。他装扮成一个换灯的人，趁阿拉丁不在家时，用新灯把又脏又旧的神灯换了出来，并命令灯神把宫殿和公主都搬到了遥远的非洲，占为己有。阿拉丁回到家，发现宫殿和公主都不见了，他立刻明白这是魔法师干的坏事。

在戒指神的帮助下,阿拉丁来到了非洲。他装扮成仆人混进了宫殿,找到了心爱的妻子,两人紧紧地抱在一起。

公主焦急地说:"我们赶紧离开这里吧。"

阿拉丁说:"现在还不行,不拿回神灯,无论我们跑到哪里,魔法师都会找到我们的。"

于是,他们商量好了对付魔法师的办法。当晚,魔法师来到了宫殿。公主准备了一桌酒菜,殷勤地给魔法师倒酒。魔法师看到美丽的公主对自己这么好,高兴得心花怒放,醉得不省人事。

阿拉丁从帘子后面走出来,一刀结束了魔法师的性命,然后找出了神灯。在灯神的帮助下,阿拉丁和公主回到了自己的国家,一直过着幸福美满的生活。

聪明的小裁缝

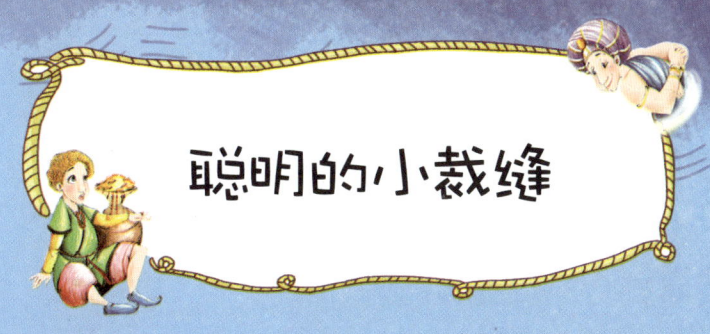

从前，有一个美丽又骄傲的公主。面对那些来向她求婚的王子们，她都要给对方出个谜语，谁答对了，她就嫁给谁。结果，一直没有求婚者猜中公主的谜语。那些衣着华丽的王子都在公主的嘲笑声中灰溜溜地离开了王宫。

后来，公主认为自己是最聪明的人，就越来越骄傲了。她干脆命令大臣在城门口张贴了一张大大的告示，上面写道："不论是什么人，只要能回答出公主的问题，就能娶到公主。"

一天，三个裁缝在看到告示后都来到了王宫。其中两个年纪稍微大一些的是当地有名的裁缝，他们认为自己见多识广，一定能赢得美人归。

第三个裁缝比较年轻，他的缝纫技术也不够精湛，所以常常被其他两个裁缝嘲笑。不过，小裁缝很聪明，所以他也很有信心能娶到美丽的公主。过了一会儿，几个侍女陪着公主出来了。只见公主穿着白纱做的长裙，金黄的卷发被松松地揽起垂到脑后。她的嘴唇像樱桃一样红，皮肤像牛奶一样白嫩，和传说中的美丽的仙女一个模样。只是她的小嘴总是高傲地噘起来，脸蛋儿像雕塑一样没有表情。如果换成微笑的样子，她该多漂亮呀！

"哇！"三个裁缝看到美丽的公主，都情不自禁地叫起来。"是你们要来猜谜语吗？"公主用冷冷的语气问道，"希望你们不要浪费我的时间。"

三个裁缝都自信地点了点头。"一个人有两种颜色的头发，你们说是哪两种颜色?"公主冷漠地问道。

"我来,我来。"年纪最大的那个裁缝急忙说道,他怕别人抢先回答了公主的问题,因为他觉得这个答案简直太简单了。

"当然是黑和白两种颜色了。"年纪最大的裁缝自信地答道。"错!"公主面无表情地说,"下一个!"

第二个裁缝很庆幸自己刚才没有抢先作答,不然他也会像第一个裁缝那样回答的。不过,现在已经排除了黑色和白色,答案应该更简单了。"是红色和褐色,像老年人穿的礼服一样。"他很有把握地说。

"错!下一个!"公主又说。

这下可把两个裁缝搞迷糊了,他们垂头丧气地站在了一旁。

轮到小裁缝了,他向前跨了一步,礼貌地说:"尊敬的公主,应该是银发和金发,对吧?"

公主猛地打了一个趔趄,差点就跌坐在了地上。她没想到小裁缝答对了问题,暗暗责怪自己出题太简单了。但很快,她又恢复了平静。

"恭喜你,小裁缝,你猜对了。"公主严肃地说,"不过,现在你还不能娶我。除非……"

"除非什么?"小裁缝着急地问。"皇宫的后院里有个笼子,里面有一只大黑熊。除非你今晚到笼子里去陪它住一晚,我才愿意嫁给你。"公主一边说一边想着,"明天日出前,这个小裁缝一定早被大黑熊吞到肚子里去了。"

"好的,我愿意去和大黑熊搭伴睡一晚。"小裁缝胸有成竹地说。

到了晚上,身上背着一个布袋子的小裁缝被关进了大黑熊的笼子。笼门刚关上,大黑熊就一掌向小裁缝劈了过来。它那肥厚的大掌如果真打到小裁缝身上的话,准能把小裁缝打得比扁豆还扁。

"慢点,朋友。"小裁缝说道,"你看我给你带来了什么?"说着,小裁缝不慌不忙地从布袋子里掏出了几个胡桃,津津有味地咬了起来。胡桃壳破了,透出一股诱人的香气。

"这是什么啊?闻起来这么香,吃起来一定更棒吧?可以给我几个尝尝吗?"大黑熊笑嘻嘻地请求道。

"好,你等等。"小裁缝很大方地从布袋子里掏出几个递给大黑熊。只是他给大黑熊的不是胡桃,而是坚硬的鹅卵石。

大黑熊学着小裁缝那样咬了好久,牙都咬痛了,还是一个也没有咬开。可是,它明明看到小裁缝轻易就把胡桃咬破了,吃到嘴里了呀。

"我竟然笨到连一个胡桃都咬不开吗?"大黑熊气得头上的毛都竖了起来。它说:"喂,是不是你给我的胡桃特别硬呢?你给我把这个胡桃咬开看看。"

小裁缝接过大黑熊手中的鹅卵石,趁它不注意的时候换成了胡桃往嘴里一送。"嘎嘣"一声,胡桃一下子被小裁缝咬成了两半。

"你这个小裁缝都能做到的事情,我怎么可能做不到呢?我今天一定要试试看。"大黑熊咆哮道。说着,它就把所有的鹅卵石全放在嘴巴里继续咬了起来。

到最后,大黑熊累得睡着了也没能把鹅卵石咬成两半。

可大黑熊恐怖的叫声传到了公主耳中,她心想:"那个可怜的小裁缝准成了大黑熊的夜宵了。"想着想着,公主忽然感到有一点难过。不过她还来不及伤感,就进入了梦乡。第二天,公主来到大黑熊的笼子前一看,眼前的情形让她惊讶得嘴巴都合不上了。

原来,她看见大黑熊乖乖地躺在一边睡觉,小裁缝正在做着晨练呢。这下,公主再也没有理由不嫁给小裁缝了。但嫁给一个裁缝,公主还是有些犹豫。

"孩子,小裁缝猜对了你的问题,又征服了凶恶的大黑熊,这说明他是一个非常聪明的人。能嫁给一个聪明人是你的福气呀。"国王对公主说。于是,国王给公主和小裁缝举行了盛大的婚礼。他们幸福的生活就这样开始了。

桌子、金驴和棍子

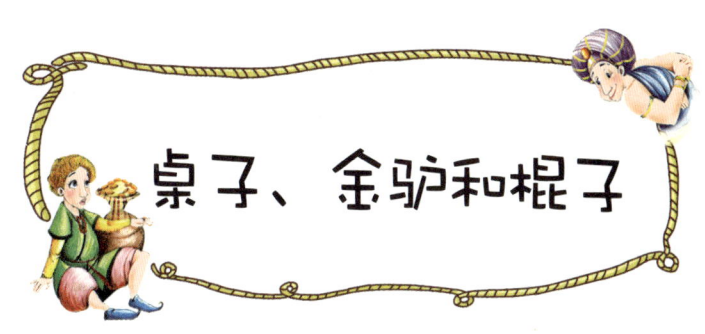

从前有个裁缝,他有三个儿子和一只会说话的羊。三个儿子轮流把羊带到水草丰美的地方,把羊喂得饱饱的。可是,回家以后,羊却说:"我连一根草也没有见到。"裁缝把三个儿子痛打一顿,赶出了家门。

裁缝亲自带着羊去吃草。回家以后,羊依然说自己没吃一根草。裁缝气愤极了,赶走了撒谎的羊,并祈祷儿子们能快点回家。

大儿子离开家以后,跟着一个巧匠学会了制作家具。与师傅告别时,他得到一张神奇的小餐桌。

只要大儿子拍掌说"小餐桌，快撑开"，桌上就会出现各种美味。

贪婪的旅馆老板知道了小餐桌的秘密，趁着大儿子熟睡，悄悄调换了宝贝。

清晨起床，毫不知情的大儿子扛着餐桌就回家了。大儿子将餐桌送给父亲，大声喊出："小餐桌，快撑开。"桌子上却什么都没有。大儿子又气又羞，忍不住掉下了眼泪。

二儿子离开家以后，来到一个磨坊打工。离开时，他得到一头神奇的毛驴。只要让毛驴站在一块布上，口念咒语，驴子的嘴巴就会吐出金币。然而，不巧的是他也被那个贪婪的旅馆老板调了包。回到家，他也没让毛驴吐出金币来。

小儿子离开家以后，跟着一个魔法师学习。离开时，他得

到一个神奇的袋子。只要喊一声"棍子，出袋"，棍子就会飞出来，把敌人打得头破血流。如果想停止，就喊"棍子，回袋"。

小儿子顺利地回到家中，知道了两个哥哥的遭遇以后，带着宝贝住进了那家旅馆，不停地炫耀袋子无比神奇。

半夜三更，老板刚在小儿子的房间冒出一个身影，就听见一个声音喊："棍子，出袋！"棍子呼呼地飞出，打得老板东倒西歪，跪地求饶，还乖乖地退还了神奇的桌子和驴子。

从那以后，裁缝和儿子们生活得非常如意。毛驴吐出金币，餐桌变出美味，棍子保护着全家的平安，幸福无比。

快乐的汉斯

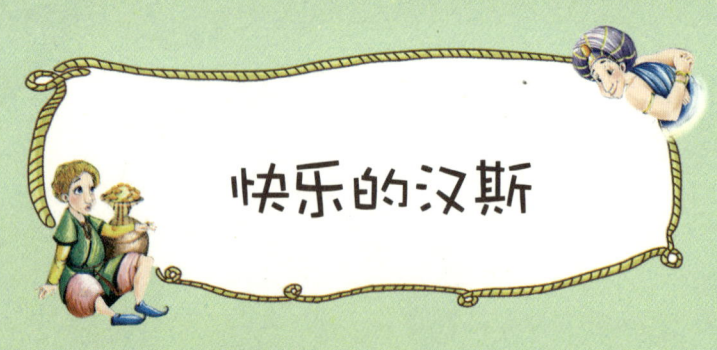

汉斯给雇主干了七年活。回家的时候，雇主给了他一块大大的金子。汉斯拿着金子往家走。没多久，他就累得喘不过气来。这时，迎面来了一个骑马的人。看着威风凛凛的骏马，汉斯羡慕地对骑马人说："我能拿金子换你的马吗？"骑马人高兴地答应了。就这样，汉斯骑上了骏马。没多久，马不服从汉斯，耍起了倔脾气，它仰起身把汉斯摔了下来。还好，旁边有一个牵着母牛的人走过来，他伸手扶起了汉斯。汉斯觉得还是母牛比较听话，而且还有新鲜的牛奶喝，于是，他又拿自己的马换了母牛。

有了母牛的汉斯，急不可待地想要挤牛奶。哪知道笨手笨脚的他，不但没喝到牛奶，反倒被母牛狠狠地踢了一脚。这一幕刚巧被一位路过的赶猪人看见了。

赶猪人哈哈大笑："你看看我的猪，多听话！"汉斯听了，又用自己的母牛换了肥嘟嘟的小猪。汉斯快乐地赶着小猪往家走，这时，一个唱着歌的磨刀人迎面走来了。

汉斯问他："你为什么这么快乐呀？"

磨刀人说："因为我有一块奇特的磨刀石，它能磨出世界上最锋利的菜刀来！"

汉斯羡慕地说："我用小猪和你的磨刀石交换吧！"于是，汉斯又用小猪换了一块磨刀石。

石头很重，在过一条河的时候，汉斯一不小心，脚下一滑，磨刀石"扑通"一声掉进了水里。水很深，他找了半天都没有找到。汉斯安慰自己："我为什么要找呢？反正磨刀石挺沉的，丢了不是更好吗？"这下子，汉斯可轻松了，他高高兴兴地哼着歌回家去了。

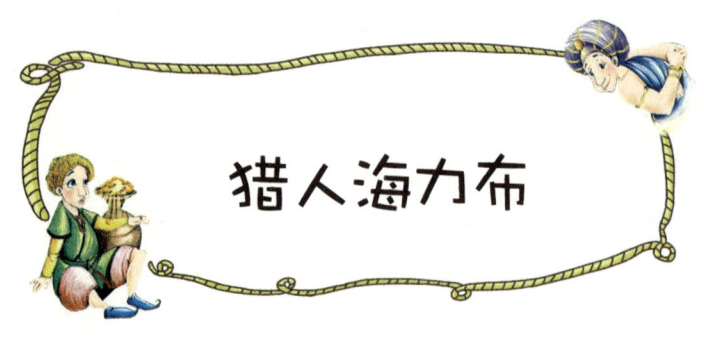

猎人海力布

海力布年轻力壮，是寨子里最能干的猎人。为了帮助生活艰难的人家，他经常将辛苦获得的猎物分给他们。乡亲们都非常感动，称他为"好心眼儿的海力布"。

有一天，海力布去深山打猎，忽然听到空中有扑腾声。抬头一看，原来一只老鹰抓住了一条小白蛇。他急忙用弓箭射下老鹰，救了小白蛇。第二天晚上，一个美丽的女孩找到海力布，说："我的救命恩人，谢谢你！"海力布大吃一惊。

女孩说："我是龙王的小女儿，就是你昨天救下的小白蛇。我爹爹想要当面感谢你，他请你去龙宫做客。"海力布惊讶得一句话也说不出来。

女孩说:"到了龙宫,你什么珠宝都别要,只要爹爹嘴里的蓝宝石。有了它,你就能听懂各种动物的语言。不过,你千万不能告诉别人你听到的话。如果你违背了诺言,就会变成一块冰凉的石头。"

海力布听从了女孩的安排,拒绝了龙王仓库中的宝物。龙王很羞愧,说:"难道你一件宝物都不稀罕吗?我的恩人。"

海力布说:"对于一个猎人来说,宝物再美也没有用。如果你愿意送我你嘴里的蓝宝石,让我听懂动物的语言,那不是很好吗?"

龙王吐出宝石送给了他,说:"你可一定要记住,千万不要将听到的话告诉其他人,否则就会受到惩罚,失去性命。"

拥有了宝石,海力布能听懂所有飞鸟和野兽的语言,他打到的猎物更多了。有一天,他正在山林中打猎,突然听到一群飞鸟在唧唧喳喳地商量:"快飞走吧!过了今晚,洪水就会淹了整个村寨。"

"是啊,是啊,再不走就没命了。"海力布听得直冒冷汗,连忙赶回了村子,说:"我们快点儿搬家吧,这里不能住了。"

乡亲们舍不得离开家园,说:"为什么呢?祖宗留下的好地方,怎么能随便丢弃呢?"海力布不敢说出原因,又无法说服乡亲,他急得掉眼泪。

几个老人说:"好心眼儿的海里布,到底为什么呢?我们舍不得离开呀!"

海力布叹了一口气,说:"好吧,我不会因为自己想要活下来,就让乡亲们都死去。"他含着泪水,将自己怎么遇见小

白蛇，怎么得到使自己能听懂动物语言的蓝宝石，以及怎么知道飞鸟的预报，都一五一十地说了出来，请求大家快点搬家。就在他说话的时候，他的身体一点点变硬，最后他成为了一块大石头。

第二天清晨，当乡亲们带着牛羊爬上山顶时，天空中下起了暴雨。随着一阵又一阵的电闪雷鸣，罕见的大洪水奔腾而下，将无数村寨和山林彻底淹没。

人们都说："要不是海力布，我们肯定都会被淹死的。"等到洪水消退了，大家将海力布变的石头搁在东方，世世代代纪念他。

聪明的宝石匠

拉陀斯刚满十八岁的时候，父母就不幸去世了。后来，他决定到大城市里去看看，心想在那里或许能找到一个好工作。来到大城市，他在一个精美的大橱窗前停下了。里面放置的那些精美的宝石深深地吸引了他，他觉得自己一生的工作就应该是当宝石匠。

虽然拉陀斯这个年纪才开始学习制作宝石首饰已经太晚了，但是主人被他的诚心打动，还是收留了他。拉陀斯学习非常努力，不到两个月就学会了别人两年才能学会的

东西。

"这个小伙子一定是福星投胎。"连主人都禁不住赞叹道。

一天,拉陀斯路过王宫的大门时,发现门前的玉柱上挂着一个人头,便回去问主人。主人告诉他,国王有一个从来不说话的公主,他向全世界宣布,如果谁让公主说说话了,就把公主嫁给谁。那以后,王宫每天都挤满了人,却没有一个人能让公主说话,这让国王和公主烦透了。

后来,国王对那些前来尝试的人说:"如果三天内不能让公主说话,就把你们的头悬在宫门的玉柱上……"拉陀斯看见的就是其中的一个不幸者。

有一天,一个大臣来到主人的店里,要求他给公主制作几件饰品,要做得比以前任何饰品都漂亮。

这可把主人难住了,拉陀斯表示愿意帮主人完成。主人不放心,只把其中一件饰品交给他试做。当拉陀斯把完工的饰品

拿给主人看时，主人惊呆了，要他把其他几件饰品也做好。

"从今天起，你就是我的师傅了。哈哈，我该怎么感谢你呢？"主人高兴地问。"我只求你让我把这些饰品送给国王。"拉陀斯提出了要求，主人爽快地答应了。

细如蛛丝的花纹，惟妙惟肖的叶子，那完美的饰品让国王看得目不转睛。

"太神奇了，谁有这样的本领呢？"

"尊敬的国王，是我做的。"

"那我该怎样奖励你呢？"

"我想见公主，试着让她说话，请您答应。"

于是，国王让拉陀斯走进了公主的房间，自己却藏在隔壁

的房间里。公主正在刺绣,丝毫没有理会拉陀斯。拉陀斯也没有对公主说一句话,他只是走到公主的一幅肖像前,说:"美丽的肖像啊,你来回答我一个问题吧:雕刻家用木头雕刻出一位姑娘来,裁缝为她缝制了衣裳,而第三个人使她说话,她究竟该感谢哪个人呢?"

"当然是感谢第三个人了,不然还有谁呀。"公主头也不抬地说道。

"哈哈哈哈,"只见国王大笑着从隔壁走出来说,"乖女儿,你终于说话了!"

公主发现自己能说话了,也高兴地扑到国王怀里。没过多久,公主就和拉陀斯结婚了,戴着丈夫亲手做的饰品,她成了王国里最美丽的新娘。

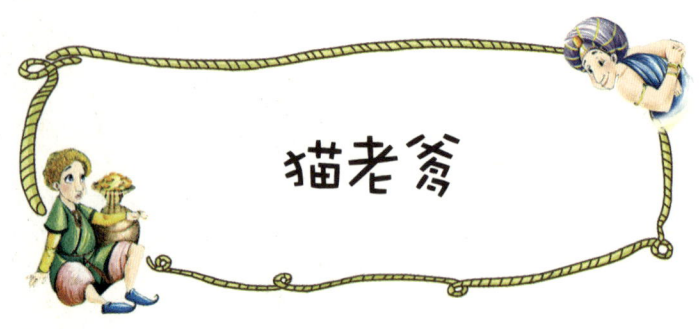

猫老爷

在一个村子里,有一位姑娘叫做莉齐娜,她像春天盛开的花儿一样美丽,善良的心比天上的星星还要闪亮。可是,好姑娘却有一个坏继母。继母对她很不好,让她不停地干又脏又累的活,还和自己疼爱的亲生女儿贝比娜一起嘲笑她:"瞧,她的脸和锅底一样黑。"

但是树上的小鸟却这样唱道:"任何的肮脏都掩盖不了莉齐娜漂亮的脸蛋和善良的心灵。"因为莉齐娜经常会把自己省下的饭粒喂给它们吃,它们可不允许有人对莉齐娜不好。

继母看到连小鸟都在帮助莉齐娜,心里更加生

气了,她安排了更多的事情来折磨她。而莉齐娜实在是受不了继母的虐待,就从家里偷偷地跑了出来。

可是,她没有什么亲戚可以投奔,一个人在路上孤单地走了很久,在一棵大树下看到了猫的一家。

猫咪们热情地招待了她,莉齐娜觉得这儿像阳光一样温暖,便留了下来。莉齐娜十分感激猫咪收留了自己,所以每天都早早地起床,为猫咪们做香喷喷的饭菜,还把它们的一件件小衣服洗得干干净净的。猫咪们都喜欢这个既勤快又善良的好姑娘,大家一起开心地生活着。

在猫的家庭里,有一位白胡子老猫咪,被称为"猫老爹"。猫老爹对莉齐娜总是笑呵呵的,像疼爱自己的女儿一样疼爱

她，希望她能在这个大家庭里一直住下去。

过了一些日子，莉齐娜开始想家了，她对猫咪们说："我想妈妈和妹妹，让我回家去看看吧。"

猫老爹急忙挽留她，说："好姑娘，我们都舍不得你啊，而且她们对你一点儿都不好。"

可是莉齐娜还是想回家，猫老爹只好答应了她的请求，还说要送她一个小小的礼物。

猫老爹把莉齐娜带到金水缸前，说："跳下去吧，姑娘，会有奇迹发生的。"莉齐娜听话地在金水缸里泡了一会儿，等她出来的时候，全身变得金光闪闪的。当她回到家里时，听到了一声鸡叫，她转过头去看，额头上就冒出了一颗美丽的金星，跟天上的星星一样漂亮。

大家都在盛传这个额头上闪着金星的姑娘，连宫里的王子也知道了。他特地从宫里跑了出来，当看到莉齐娜时，他不由地爱上了她。于是，王子真诚地向莉齐娜求了婚，莉齐娜也庆幸能找到属于自己的幸福。他们商定过几天就举行婚礼。

妹妹贝比娜看到姐姐即将成为王子的新娘，嫉妒得眼睛都发红了。她请求姐姐告诉她额头上的金星是怎么得到的。于是，贝比娜沿着莉齐娜走过的路，找到了猫咪们的家。

好客的猫咪们接纳了她，可是这个懒惰的姑娘天天不做事情，还向猫咪们发脾气，说饭菜难吃、床铺太硬。

有一天，猫老爹忍不住了，把她扔进了油水缸。可怜的贝比娜在油水缸里泡了半天，等她出来时，浑身都沾满了油。被赶出门的贝比娜只好一步一滑地往家走。在路上，她听到了驴子的叫声，便转过脸去大骂驴子："大笨驴，你怪叫什么？没见过有人身上沾油吗？"

这时候，她的额头上竟然长出了一根驴尾巴，怎么扯也扯不掉。贝比娜哭泣着回到了家，妈妈一看她这个样子，便把所有的怒气发到了莉齐娜身上。

迎亲的日子到了，莉齐娜被继母锁了起来，而丑陋的贝比娜却盖着红绸布，做了假新娘。当载着新娘的马车路过猫

咪们住的地方时,猫咪们唱起了一支歌:"喵喵喵,呜呜呜,快点揭开红头布,王子不要去上当,这个不是真新娘。"

王子听了,马上揭开了新娘的红头布,看到了额头上长着驴尾巴的贝比娜。

王子大怒道:"你是谁?竟敢冒充我的莉齐娜!"贝比娜吓坏了,只好老老实实地交待了实情。王子回到莉齐娜住的地方,手持着长长的宝剑,吓得继母赶紧把真正的新娘交了出来。

当天晚上,王子和莉齐娜举行了盛大的婚礼。新娘头上的金星发出耀眼的光芒,让她更加光彩照人,和天上缤纷的礼花一样亮丽。猫咪们也来参加婚礼了,猫老爹给这对新人送上了最美好的祝福,祝他们幸福到永远。

勇士海森

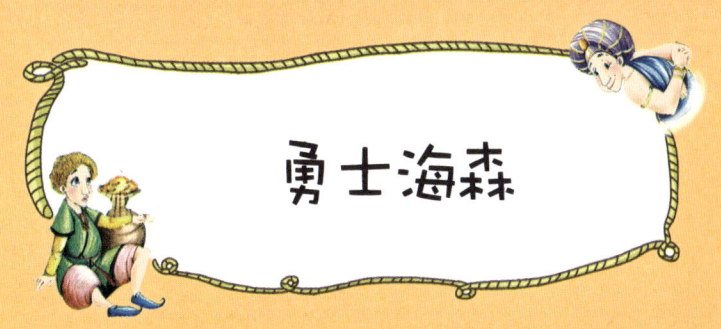

从前,有一个叫海森的人,他非常勇敢,人们都喜欢叫他"勇士海森"。但是,海森的妈妈却很担心儿子会骄傲,从来不夸奖他。海森很不甘心,他要周游世界,看看世界上是不是真的有比他更勇敢的人。他穿过了一片大森林,还翻越了一座大山,碰见了一个骑着狮子的人和一个骑着老虎的人。海森看看自己骑着的马,心想:"或许他们真的比我勇敢。"于是,海森问:"请问你们两位要去哪里呢?"

"我们在周游世界。不过还想在这里住两天,你可以和我们一起。"两人回答说。海森正想找个机会和他们较量一下,就欣然同意了他们的建议。他们约好,今天海森打猎,骑老虎的人捡柴,骑狮子的人烤面包。

晚上,到了吃饭的时间,骑狮子的人却没有端出可口的面包。他说:"刚才一个饥饿的老头路过,我看他可怜,就把面包给他吃了。""嗯!帮助老人是应该的。"海森赞同地说。

第二天,轮到海森捡柴,骑狮子的人打猎,骑老虎的人烤面包。和前一天一样,当他们回来后,骑老虎的人也没有拿出面包来。"今天又来了一个可怜的老头,我也把面包给他了。"听了骑老虎的人的解释,大家都没有说什么。

到了第三天,轮到海森烤面包了,他烤出了一个又大又香的面包。正当海森思考着会不会又出现一个老头时,背后突然来了一个大黑怪。

"你的面包烤得比你同伴的香多了。"大黑怪耸了耸鼻子,说道。

海森这才知道,那两个同伴口中的可怜老头原来是这个大黑怪。他以最快的速度抽出宝

剑朝大黑怪的头砍去，谁知大黑怪立刻又长出了一个头。直到海森砍了七次，大黑怪才终于倒在地上死了。海森从大黑怪身上搜出了一个装着七只小鸟的透明盒子。

两个同伴回来后非常羞愧，答应海森一起去大黑怪的洞里看看，他们还主动提出要走前面。

两个人把绳子系在腰间先后下到洞里。可是，没过多久，他们就大叫着"有火"，让海森把他们拉了上来，海森只好自己下去看看。当他下到有火的地方时，他并没有让同伴把他拉上去，而是加快速度，落到了洞底。在洞底，他意外地看到一个美丽的姑娘在低声哭泣。"你是人，还是鬼？"海森警惕地问道。

"我是人，一个大黑怪把我抢来，要我做他的老婆。我不同意，他就把我捆在这里，天天鞭打我。"姑娘说。

　　海森把姑娘放了，告诉她大黑怪已经被自己杀死了。姑娘很感激海森，还帮助海森找到了大黑怪的宝藏。海森让两个同伴把宝藏和姑娘拉了上去，然后他把绳子系在腰上再让他们把自己拉上去。两个同伴为了私吞宝藏和姑娘，就把海森拉到半空中又放下去，想摔死他。

　　海森重重地摔了下去，砸穿了一层地狱。在那个黑暗的世界里，他又看到了一个坐在海边哭泣的姑娘，原来海神要强娶这个姑娘。"不要哭，我会救你的。"说完，勇敢的海森拔出宝剑，狠狠地朝出现在海面上的海神砍去。可是被砍了好多次，海神依然安然无恙，他还把海森踩在了脚底下。

"你可以告诉我这是为什么吗？我也好死得瞑目呀。"海森说。

"哈哈，我不像你们凡人，生命在自己体内。我的生命在一个黑色巨人身上的盒子里。"还没等海神说完，海森赶快打开从大黑怪那里取来的盒子，掐死了里面的七只小鸟。只听"砰"的一声巨响，海神掉进海里死了。

这时，周围突然出现了许多欢呼的人们，他们都夸赞着海森勇敢。在他们的帮助下，海森回到了地面。这时，那两个同伴正在为怎么分宝藏和那个漂亮姑娘而争吵着，海森毫不费力就杀死了他们。

那个漂亮的姑娘很喜欢勇敢的海森，希望做他的妻子。于是，海森带着漂亮的姑娘和宝藏回到了母亲身边，并且把自己所有的经历详细地讲给了妈妈听。

"妈妈，我是最勇敢的人吗？"海森问道。"是的，你是世界上最勇敢的人，我亲爱的儿子。"妈妈毫不犹豫地说。

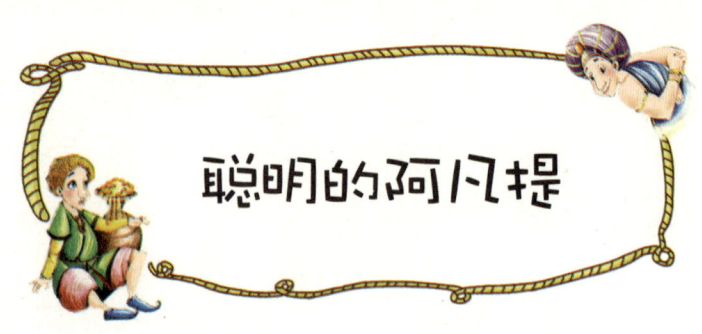

聪明的阿凡提

从前,有一个非常聪明的人叫阿凡提。那时候,国王总是欺压老百姓。老百姓稍有反抗,就要被杀头。大家都敢怒不敢言。可是阿凡提不怕,他走到哪里就在哪里说国王的坏话。国王知道以后,非常生气,就把阿凡提抓来审问。

国王说:"阿凡提,都说你聪明,那我来考考你,你要是回答不上来,我就杀了你!"

阿凡提镇定地说:"好啊,请您考吧!"

国王问:"天上有多少颗星星?"阿凡提回答:"天上的星星和您的胡子一样多!"

国王又问:"那我的胡子有多少啊?"阿凡提抓起小毛驴的尾巴说:"您的胡子和这头小毛驴的尾巴上的毛一样多。"国王听了非常生气,命人把阿凡提抓起来砍头。

谁知阿凡提一点儿也不怕,反而哈哈大笑:"我早就知道自己今天要死啦!倒是您,我可怜的国王陛下,您连自己哪天死都不知道呀!"

国王一听,连忙问道:"那你知道我什么时候死吗?"

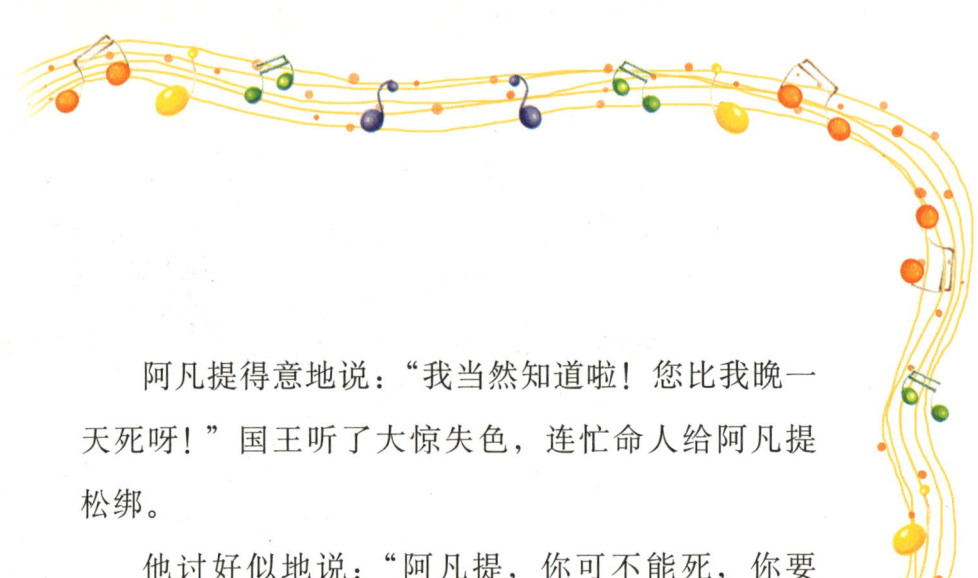

阿凡提得意地说:"我当然知道啦!您比我晚一天死呀!"国王听了大惊失色,连忙命人给阿凡提松绑。

他讨好似地说:"阿凡提,你可不能死,你要好好地活下去!你死了,我也就要死了啊!"说完,国王还送给阿凡提很多金银财宝。就这样,阿凡提骑着他的小毛驴,唱着快乐的歌走了。他把那些金银财宝全分给了穷苦的百姓,然后继续游走四方,用他的智慧为穷人们打抱不平。

后羿射日

  在古时候，掌管天庭的天帝和太阳女神羲和有十个儿子，他们长得一模一样，名字都叫太阳，他们一起住在东海外的一棵大扶桑树上。他们的母亲安排他们每天一个轮流着去天上照耀大地，给人类光和热，让树木和农作物生长。开始他们都很高兴这样的安排，觉得去天上工作，看着大地的万物，是一件十分有趣的事情。他们尽心尽力地工作着。

  可是，日复一日，年复一年，这十个兄弟渐渐厌烦了这样的工作，觉得每天独自在天上非常寂寞。于是他们就想了个办法。他们一起去天上工作！可是，母亲羲和每天都守着他们，

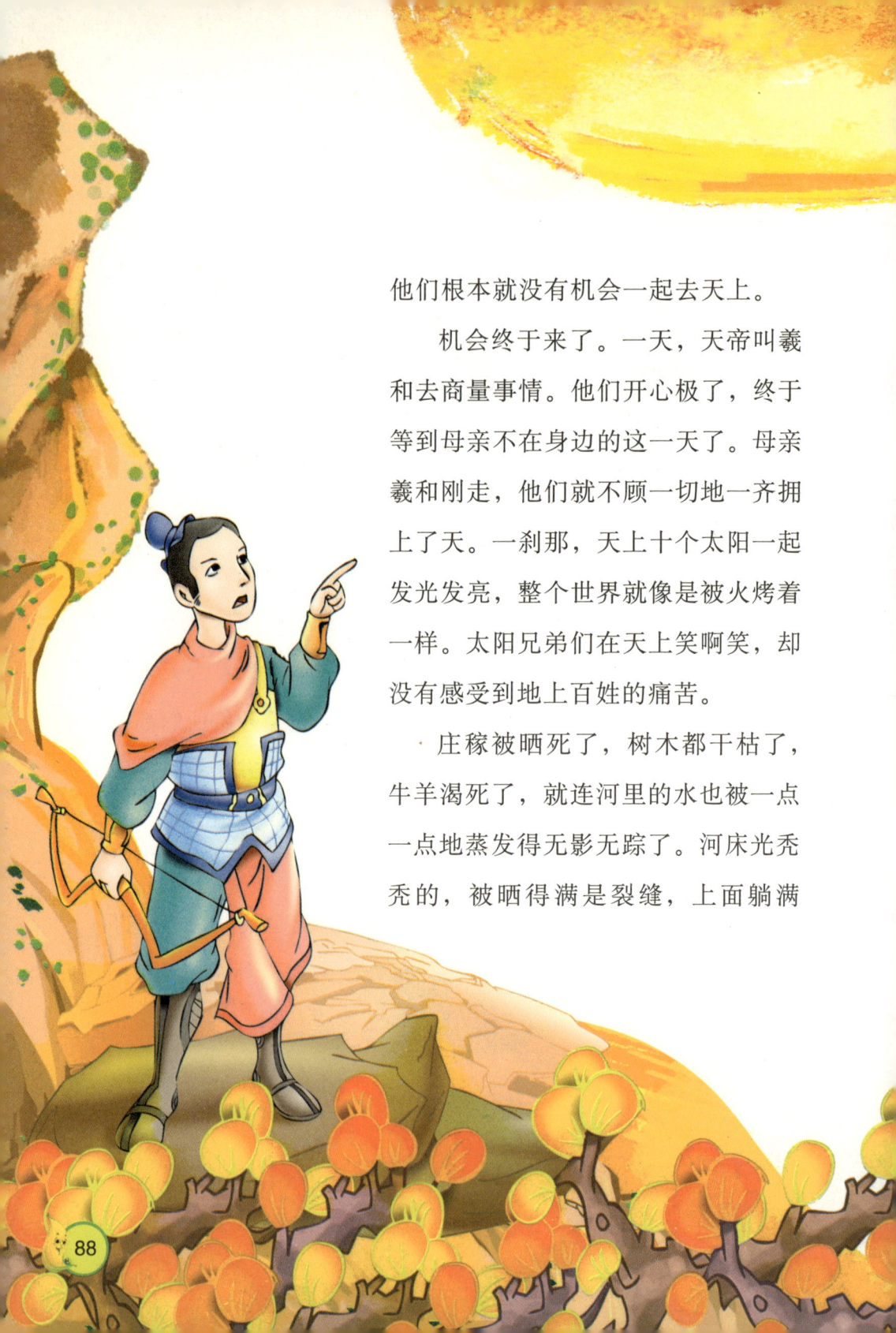

他们根本就没有机会一起去天上。

机会终于来了。一天,天帝叫羲和去商量事情。他们开心极了,终于等到母亲不在身边的这一天了。母亲羲和刚走,他们就不顾一切地一齐拥上了天。一刹那,天上十个太阳一起发光发亮,整个世界就像是被火烤着一样。太阳兄弟们在天上笑啊笑,却没有感受到地上百姓的痛苦。

庄稼被晒死了,树木都干枯了,牛羊渴死了,就连河里的水也被一点一点地蒸发得无影无踪了。河床光秃秃的,被晒得满是裂缝,上面躺满

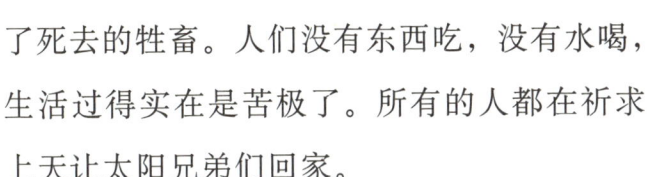

了死去的牲畜。人们没有东西吃，没有水喝，生活过得实在是苦极了。所有的人都在祈求上天让太阳兄弟们回家。

　　天帝听到了人们的呼喊，看到了人间的疾苦，觉得自己的儿子们实在是太胡闹了。他非常生气，就派了天庭里最好的神箭手后羿去劝说儿子们回家。后羿领了天帝的旨意后，就立刻背上自己的弓，拿了十支箭到地上执行任务去了。

　　刚刚来到地上，后羿就感到火一般的灼热。他皮肤被阳光晒得干裂疼痛，汗水哗啦啦流个不停。他看到百姓受苦受难的模样，心里很难过，非常同情人类。

　　他冲着天上玩得正开心的太阳们喊："太阳兄弟们，我是你们父亲派来的天神！你们快回去吧，不要再胡闹了！"可是，太阳们像是没有听见一样，继续兴高采烈地玩着，理也不理后

羿。后羿苦口婆心地又劝说了很久。

太阳们想:"后羿不过是天庭里一个小小的天神,能有什么本事?我们是天帝的儿子,爱怎么样就怎么样。"

于是,他们仍然在天上嬉笑打闹着,一点离开的意思也没有。后羿见这十个太阳不听自己的劝说,根本不把百姓的死活放在眼里,他愤怒了,决定惩罚这几个胡作非为的家伙。

后羿从身后取下弓箭,瞄准了一个太阳,只听"嗖"的一声,其中的一个太阳被射中了,他身上的火焰熄灭了,掉了下来。剩下的九个太阳大吃一惊,他们想不到后羿敢射杀天帝的儿子。

他们尖叫道:"后羿,你疯了吗?你居然敢射杀天帝的儿子,天帝绝对不会放过你的!"后羿一听这话,更加生气了,他朝着太阳们喊道:

"我不管你们是谁的儿子,只要犯了错,我都会一样地惩罚他!"说完,又接连射下来八个太阳。正当他准备射杀最后一个太阳的时候,百姓来求他。他们说:"请为我们留下一个太阳吧!要是没有太阳,我们就无法生存,只能生活在无尽的黑暗和寒冷之中。"

于是,后羿听从了百姓的请求,为人类留下了最后一个太阳,也就是今天在我们头顶上的太阳。

让诺的神笛

有一天,让诺的妈妈为他做了一块香喷喷的大蛋糕。让诺开心极了,拿着蛋糕就在大街上吃了起来。这时候,一个老婆婆来到他的身边,说:"好心的孩子,你的蛋糕能给我尝一尝吗?"让诺见老婆婆很可怜,想也没想就把蛋糕给了她。

"谢谢你,好心的孩子。"老婆婆接过蛋糕,大口大口地吃了起来。

吃完后,老婆婆拿出一支长笛送给让诺:"这支长笛是我的传家宝,说不定哪天它会帮助你。"让诺拿着长笛吹了吹。真奇妙,他一吹,周围的动物和人都跳起了舞。原来,这是一支神笛!

有了神笛后，让诺四处旅行。一天，他来到了一个城堡。城堡里住着一位公主，让诺一见到她就爱上了她。于是，他到国王那里向公主求婚。

国王说："我的女儿只嫁给最聪明的人，所以我要考考你：明天，你带上十二只白兔和十二只黑兔，不许系任何绳子，把它们带到田野去。如果在太阳落山之前能把它们都带回来，就可以娶我的女儿。"让诺听完，点了点头，接受了挑战。

第二天，让诺带领十二只白兔和十二只黑兔出发了。一路上，他吹起了神笛，兔子们跟着他边走边跳舞，傍晚，又跟着他回到了城堡。国王很吃惊，因为以前没有谁能一只不少地带回这些兔子。他认定让诺是最聪明的人，就把女儿嫁给了他。让诺住进城堡，和公主幸福地生活在一起。

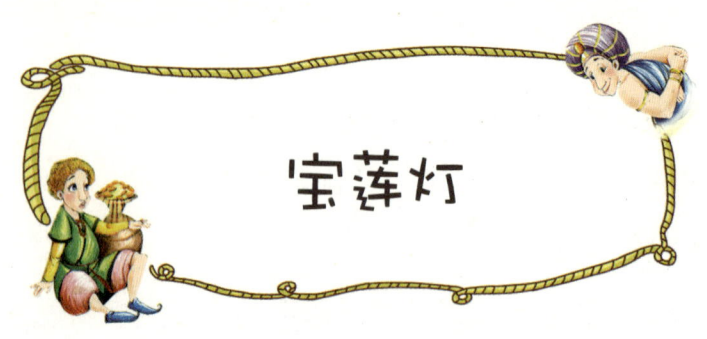

宝莲灯

从前，玉皇大帝在每一座山都派了天神来守护。而镇守华山的是天上的神将二郎神和他美丽的妹妹三圣公主。三圣公主有一件镇山之宝，大家叫这个宝贝"宝莲灯"，三圣公主就用这个法力无边的宝贝来驱妖降魔，帮助受苦的百姓。

这天，到了华山封山的日子，三圣公主带着贴身丫鬟朝霞来到山上巡视。巡视之后，她们见没有人，于是就开始在山上嬉戏起来。正当两人玩得高兴的时候，朝霞突然发现有人上山来了。上山的这个人名叫刘彦昌，是杭州的一名书生，准备去京城赶考，路过华山想上山散散心，欣赏一下闻名天下的华山美景。望着山上美丽的景色，想起关于华山的许多传说，刘彦昌不由地诗兴大发，在山壁上写了一首诗：

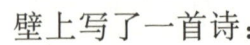

神仙有伴侣，

玉女喜吹箫。

不见凤凰至，

何以慰寂寥。

刘彦昌写完诗后，

觉得有些疲倦，于是就找了个干净的地方躺下睡着了。这时，三圣公主和朝霞走了过来。朝霞指着刘彦昌对三圣公主说："公主，你看！这不是刚才上山的那个人吗？他还在这里题了一首诗呢！"

朝霞看了看墙上的诗问三圣公主："公主，这首诗是什么意思啊？"

三圣公主说："这首诗是说古时候，秦穆公的女儿爱上了会吹箫的萧史，后来他们两个人乘坐凤凰上了天，做了一对幸福美满的夫妻。"

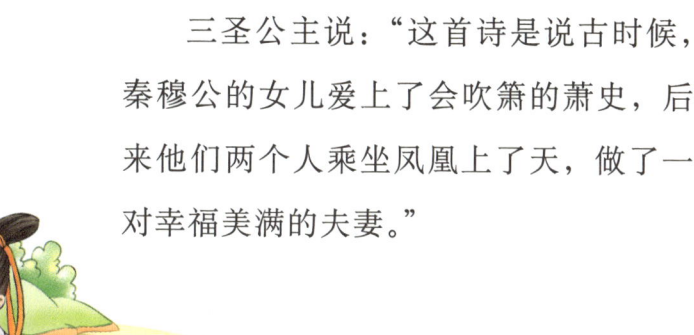

这时,天上下起了小雪,三圣公主脱下身上的沉香衣,盖在刘彦昌身上,然后才恋恋不舍地乘云离开。刘彦昌醒来后发现自己身上有一件衣服,以为是哪位好心的过路人给他的。收好衣服,刘彦昌想继续赶路,突然,他觉得一阵头晕目眩,昏了过去。一直看着他的三圣公主带着朝霞又立刻赶回来细心地照顾他。后来,三圣公主和刘彦昌渐渐产生了感情,结了婚,还生下了一个儿子,取名沉香,一家人生活得很快乐。

可是,知道了此事的二郎神却很不高兴,他认为自己的妹妹不能嫁给一个凡人,准备去找妹妹问罪。可他也害怕那厉害的宝莲灯,就先叫黄毛童子去骗走了宝莲灯。

黄毛童子刚走,二郎神就找上门来了。公主见哥哥来了,知道会有事情发生,就赶紧让朝霞带着丈夫和儿子从小路先下了山。三圣公主见他们走远了,才来见哥哥。她强忍着泪水哀求哥哥说:"哥哥,我们一家人在一起很幸福,就请哥哥成全我们吧。"

二郎神一听,立刻暴跳如雷,他说:"我可不想被别的神仙嘲笑说有一个思凡的妹妹。"说完,就施法术将三圣公主压在了华山之下,让她永远失去了自由。

刘彦昌虽然逃走了,可他却没有办法救出妻子,又舍不得离开,只好在山下开了一个私塾,以教书度日,细心照顾儿子沉香。他时刻遥望着华山,盼望能与自己的妻子见面。可是他自己没有能力去救出心爱的妻子,只能把所有希望放在儿子沉香身上,希望他快快长大,好去救妈妈。

时间过得很快,一晃十年过去了,小沉香已经十岁了。看着这个身体健壮、眉清目秀的儿子,刘彦昌感到非常欣慰。他不仅自己教儿子读书写字,还为儿子请了武术老师,教儿子习武。

一眨眼，六年又过去了。十六岁的沉香长得既英俊又强壮。见儿子已经长大成人了，刘彦昌就对沉香说了关于他母亲的一切。沉香听了后，决心要将母亲救出来。

第二天，沉香就背上行囊，先去找到朝霞阿姨。朝霞带着沉香去看了三圣公主被关押的地方后，就带着沉香去灵台山霹雳大仙那里学习道法，学好后便于解救三圣公主。

在灵台山上，霹雳大仙先是带着沉香来到一片桃林，给他吃了两个桃子。沉香吃下桃子后，顿时觉得身上的筋骨好像全部舒展开来了一样。

霹雳大仙笑着说："这桃子可以让你强筋健骨。"接着又带沉香到仙气飘飘的莲花池里洗了个澡。洗完澡后，沉香觉得神清气爽，身上的力气一下增加了许多。霹雳大仙告诉他

这水是可以让人增加力气的神水。

最后,大仙给了沉香一把闪闪发光的神斧,并教会了沉香怎样使用神斧。学成后的沉香心里更是急着想见到母亲,于是就跟着朝霞阿姨赶往华山去救母亲。

到了华山,刚好碰见了舅舅二郎神带着哮天犬在山上游玩。朝霞指着傲慢的二郎神对沉香说:"他就是你的亲舅舅二郎神,就是他把你母亲关起来的。"

沉香一听,想到母亲所受的痛苦,心里一腔怒火升了起来,举起斧头对着二郎神就砍了过去。

二郎神急忙朝旁边一闪,躲开了这一斧头。二郎神听说这武功不凡的孩子是妹妹和凡人所生的,也非常生气,用手中的武器向沉香刺去。他们就这样打来打去,一时半会儿也没有分出胜负。

正在这时,曾经大闹天宫的孙悟空路过华山,看到他们在打仗,觉得十分好玩,就停下来问在旁边观看并为沉香担忧的

朝霞。朝霞把沉香不幸的身世告诉了孙悟空。

仗义的孙悟空听完后非常生气,他觉得这二郎神实在太可恶了,不仅把自己的亲妹妹压在这华山下面这么多年,让他们一家人不能团聚,现在还要对自己的外甥下此毒手,真是一点人情味都没有。

孙悟空想:"当年我和猪八戒、沙僧不也是保护凡人唐僧去西天取经,才修成正果的吗?他二郎神凭什么就看不起凡人,还要对自己的亲人下毒手呢?我得教训教训这个可恶的二郎神。"想到这里,孙悟空掏出金箍棒,朝着二郎神打了过去。

原本,二郎神就和沉香打个平手,现在加上孙悟空,二郎神哪里还是他们的对手,只好败下阵来,匆忙逃走了。就这样,沉香战胜了二郎神,成功地救出了一直受苦的母亲三圣公主,夺回了宝莲灯。

从此,沉香跟着父亲母亲过着幸福的生活。

打火匣

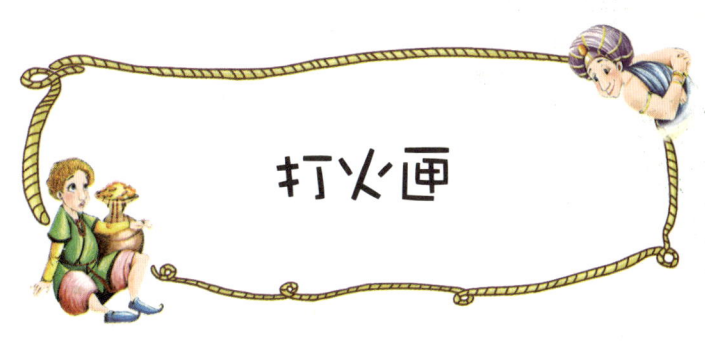

一个士兵腰间挂着一把长剑走在回家的路上。

正走着,他碰见一个老巫婆。老巫婆指着旁边的一棵树,告诉士兵树上有一个洞,从这个洞一直钻进树底下去,就会得到很多很多的钱。

"这倒很神奇。"士兵说,"不过你想要什么呢?"

"我一个铜板也不要,只要你把那个旧打火匣取出来给我就行了。"巫婆说,然后又告诉他下去后会碰到

什么，该怎样办。

士兵爬上树，一下子就溜进那个洞口里去了。他打开第一道门，看见有一条狗坐在那儿，眼睛有茶杯那么大，直瞪着他。

士兵照巫婆说的把它抱到地上，然后打开装满铜板的箱子，往自己的衣袋里放了许多铜板，接着把箱子锁好，再把狗儿放到上面。

他又走进第二个房间里。里面也坐着一只狗，眼睛大得简直像两个水车轮。

他把狗儿抱到地上，打开装满银币的箱子，把他口袋里所有的铜板扔掉，全部装上银币，接着他把箱子锁好，再把狗儿放到上面。

随后他走进第三个房间。里面仍然坐着一只狗，两只眼睛大得像一对圆桶！

他把它抱下来放到地上，打开装满金币的箱子。他把衣袋里的银币倒出来，换上金币，再把狗儿放到箱子上去。锁好了门，朝上面大声喊道：

"把我拉上来呀,老巫婆!"

"你取到打火匣没有?"巫婆问。

"喔,没有。"于是他又走下去,取回了打火匣。

巫婆把他拉了上来。

"你要这打火匣有什么用呢?"士兵问。

"我可不能告诉你!"巫婆说。士兵一下子就把她的头砍掉了。老巫婆倒在地上死了。

士兵把他所有的钱都包在老巫婆的围裙里,然后把那个打火匣放在衣袋里,朝一个漂亮的城市走去。

到了城里,他住进一个最好的旅馆,开了间最舒适的房间,买了件最华丽的衣服,交了很多朋友。

他常去看戏,逛皇家花园,还送钱给穷人。就这样,他的钱很快就用完了,后来穷得连一根蜡烛都买不起。

有一天晚上,天很黑,他忽然想起打火匣里还有段蜡烛。于是,他拿起打火匣,在火石上擦了一下,火星一下子就冒了

出来。

这时,房门忽然自动地开了,他在树底下所看到的那条眼睛像茶杯大的狗儿在他面前出现了。那只狗说:"我的主人,你有什么吩咐?"

士兵惊奇极了,想了想说:"替我弄些钱来吧!"

不一会儿,狗儿嘴里衔着一大口袋钱回来了。

多么奇妙的打火匣。只要把它擦一下,那只有铜钱的狗就来了;要是擦它两下,那只有银币的狗儿就来了,要是擦它三下,那只有金币的狗儿就出现了。

很快,那个士兵又成了有钱人。

有一次,他听说王宫里的公主很漂亮。他十分想看一看这位公主。于是,他擦出火星,马上"嘘"的一声,那只眼睛像茶杯一样的狗儿就跳出来了。

士兵小声地对狗儿说:"替我把王宫里的那位公主带来吧!"狗儿点点头走了。不一会儿,狗儿就背着熟睡的公主来了。士兵看着公主,觉得她实在可爱,忍不住吻了她,又让狗儿把她送回了王宫。

天亮时,公主对国王和皇后说,她昨晚上做了一个很奇怪的梦,梦见一只狗和一个士兵,她自己骑在狗身上,那个士兵吻了她一下。"这倒是一个很趣的故事呢!"王后说。

第二天夜里,那个士兵非常想再一次看到这位可爱的公主,就让狗儿再去王宫带公主回来。狗儿到了王宫,再次背起熟睡的公主,飞快地从王宫里跑了出来。

一个老宫女看见了,立刻追了上去。她见狗背着公主跑进了一幢大房子,于是就在大房子的门上用白粉笔画了一个大十字。不久狗儿把公主送了回去,当它回家看到门上画着一个十字时,就拿白粉笔在城里所有的门上都画了一个十字。

早晨,那个老宫女带着国王、王后来找那所房子,可怎么也找不到。

不过王后是一个非常聪明的女人。她做了一个小口袋,里面装满了细荞麦粉,把它系在公主的背上,接着她用剪刀在口袋上剪了一个小洞。

晚上,士兵又开始想念那位可爱的公主了,士兵又用打

火匣，擦出了一点火星，狗儿又跳了出来。士兵告诉了狗儿自己的意思，狗儿点点头跑走了。

过了一会儿，它又背着熟睡的公主跑到了士兵那儿。

谁知那系在公主背上小口袋里的荞麦面粉已经从王宫一直撒到士兵那间屋子的门口。

国王和王后看得很清楚，他们顺着落在地上的面粉，找到了士兵，马上派人把那个士兵抓去，关在牢里，准备第二天就把他绞死。

正巧,有个鞋匠的学徒也跑来看热闹,士兵认识他。

第二天早上,在城门外面,一架高大的绞刑架已经竖起来了。

国王的卫兵们把那个士兵带到绞刑架上,正要把绞索套到他的脖子上时,士兵对那人说:"你好,我非常想最后再抽一口烟。你能帮我把旅馆里一个打火匣拿来吗?"学徒见他十分真诚,点头答应了。没过多久这个学徒把打火匣带来交给了士兵。

"谢谢,我的朋友!"士兵微笑着说道。对于这个要求,国王不愿意说一个"不"

字。于是士兵就取出了他的打火匣，擦了几下火，一、二、三，忽然，三只狗儿都从打火匣里跳出来了。

"请帮助我，不要让我被绞死吧！"士兵说。

这几只狗儿顺从地点点头，猛地向法官、卫兵和国王扑去，把他们都咬死了。

老百姓都叫起来："士兵，你做咱们的国王吧！你跟那位美丽的公主结婚吧！"

就这样，那个士兵成了国王。那位美丽的公主做了他的妻子。他们的结婚典礼举行了足足八天。那三只狗儿也被当做贵宾请上了桌子，这时，它们把眼睛睁得比什么时候都大。

七美人

从前,在一个小村庄的一间破屋子里,住着一对贫穷的夫妻。他们有一个勤劳美丽的独生女儿,家里面所有的活她都会做,无论是织布还是绣花都很出色,她把家里收拾得井井有条。

她实在太优秀了,以至于村子里没有一个女孩可以和她相比,她简直比七个女孩加起来还要优秀,所以人们就叫她"七美人"。

七美人不但心灵手巧,而且十分美丽,但她是个很庄重的人,从来不到处炫耀她的美丽。她去做礼拜的时候总是在脸上蒙一块面纱,以免人们总是盯着她看而亵渎了神灵。

有一次她做礼拜的时候,王子看到了她那曼妙的身影,实在太想看到她的面容了,无奈面纱让他无法如愿。

王子问随从:"为什么那个女孩子总是蒙着面纱?"

随从说:"她叫七美人,是这个村子里最美丽最庄重的女孩子,她很少让别人看到她美丽的容颜。"

王子对七美人感到十分好奇,他下决心要结识这个女孩子。于是,他派仆人带一枚金戒指给她,请她晚上

到大橡树下见面。七美人如约而来，因为仆人对她说有人想要请她做一件精美的东西。

王子一看到美丽的七美人，立刻深深地爱上了她。他请求七美人嫁给他，但是七美人拒绝了，说："您贵为王子，而我一贫如洗，您的父王知道了，一定会很生气的。"

但是王子实在太爱她了，他不停地祈求，倾诉自己的爱意，七美人被感动了，她请王子让她考虑几天。于是王子不停地和她约会，终于，七美人也深深地爱上了王子。

但是七美人还是不肯答应王子的求婚，因为她知道，王子太富有而她太贫穷，国王一定不会答应的。

然而,热烈的爱战胜了一切,在王子第七次约会她的时候,七美人终于答应了王子的求婚。于是他们每天都在老橡树下相会,相互倾诉爱慕之情,无比地幸福甜蜜。

世界上没有不透风的墙。一天,一个老女仆对国王说了王子和一个穷人家的女儿相恋的事情,国王勃然大怒,立刻派人去放火烧七美人的家。

一个黑漆漆的夜晚,国王派的人悄悄地用火点燃了七美人家的房子。七美人正在窗边绣花,看到熊熊的火焰,她忙跳进窗外的枯井中,逃过了这一劫。然而,她的父母被救出来时,已经没有气息了。

七美人知道这一切都是国王指使的,但是又能怎么样呢?

她痛哭一场之后，埋葬了父母。

现在七美人将面临一个选择，是屈服于国王的逼迫，还是忠于对王子的爱呢？最后，她换了一套男人的衣服，改名翁格吕克，来到皇宫给国王当仆人。

现在就没有七美人了，取而代之的是翁格吕克。由于翁格吕克又勤快又聪明，国王非常喜欢她，于是，她很快就成了国王的贴身仆人，专门伺候国王。后来，王子再也找不到七美人了，国王告诉他七美人已经死了。他非常难过，但是要继承王位，王子必须有一个王妃，他勉强答应娶另一个国家的公主为王妃。

所有的仆人都跟着国王和王子去邻国迎娶公主，其中当然也包括可怜的翁格吕克。这是一次痛苦的旅行，尽管她走在最后，但是人们的欢呼声还是深深刺痛了她。

当来到新娘的宫殿附近时，她用动听的声音开始唱："我是翁格吕克，很熟悉七美人。"王子听到了歌声，就问身旁的父亲："是谁的歌声这么动听呢？"国王很骄傲地说："还能有谁，当然是我的专属仆人翁格吕克。"

这时候，她又唱了一遍这首歌，王子终于听出了她的声音，找到了他的七美人。

王子对邻国国王说："我有个橱柜，但是我不小心丢了它的钥匙，于是我准备配一把新钥匙，可是这个时候我又找到了旧钥匙，您说我应该用哪一把呢？""还是用旧的那把比较好。"新娘的父亲说道。

听到这样的回答，王子把七美人拉到所有人面前说："这就是我的'旧钥匙'，我要和她永远在一起。"

王子的父亲屈服了，他看到这时的翁格吕克，噢，不，应该是七美人，真的太美丽了。他无法阻止两个深深相爱的人在一起。

苹果公主

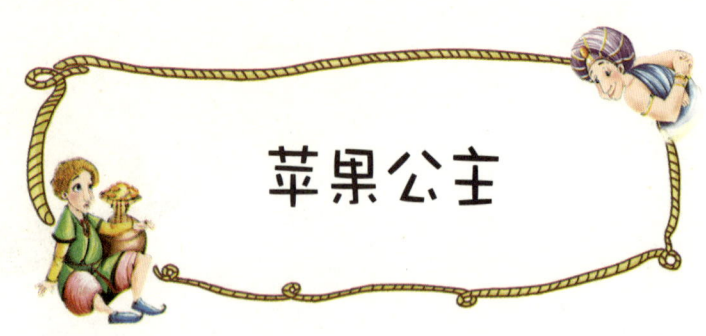

一位公主被老巫婆施了魔法,困在一个大苹果里。许多年过去了,没有人能救出她。一天,一位王子来到了苹果林,无精打采地蹲在苹果树下。苹果里的公主问:"你怎么了?"

王子回答:"我迷路了。"

苹果里的公主说:"我可以帮助你回家,只要你答应娶我。"王子犹豫了,他怎么能娶一个苹果呢?但是他一心想回家,便答应了苹果公主看似荒唐的要求。

　　于是,王子将苹果放在自己的包裹里。苹果里的公主开始指路,一直到王子看见了自己的宫殿。王子将事情的经过告诉了父亲,老国王要求儿子遵守诺言。王子只好答应了。

　　苹果对王子说:"亲爱的王子,其实我是一位公主,被老巫婆施了魔法,困在了这个苹果里。假如你愿意翻过玻璃山,杀死守候在巫婆水井边的妖怪,魔法就能解除了。"王子知道公主的遭遇以后,非常同情她,答应了她的要求。

　　王子历经千辛万苦,终于翻过玻璃山,杀死了水井边的妖怪。王子回家以后,惊喜地发现,那个会说话的苹果不见了,眼前有一个美丽的女孩。

　　王子与公主举行了婚礼,全国百姓整整庆祝了三天三夜。后来,公主得知自己的父王年岁大了,一个人孤零零地生活着,于是便把他接来一起居住。从此,一家人幸福地生活在一起。

小红帽

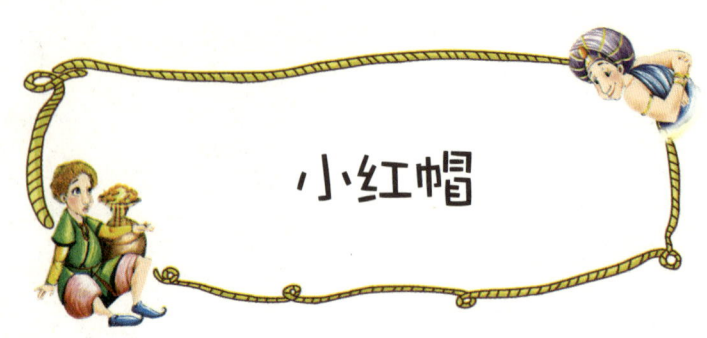

从前有个可爱的小姑娘,经常戴着奶奶送给她的一顶用丝绒做的小红帽。于是大家都亲切地称她"小红帽"。

一天,妈妈对小红帽说:"小红帽,奶奶生病了,身子很虚弱,快把这些蛋糕和一瓶葡萄酒给奶奶送去。"临出门,妈妈还叮嘱小红帽,路上要好好走,不要离开大路,也不要东张西望。

"我会小心的。"小红帽对妈妈保证道。可话音还没落,人就跑远了。

奶奶住在森林的深处，离小红帽家还有很长一段路。小红帽刚走进森林，迎面走来一头狼。小红帽不知道狼是坏家伙，居然和它打起招呼来。

"你好，小红帽，这么早要到哪里去呀？"狼说。

"你好，狼先生。我要到奶奶家去。"

"那你的小篮子里是什么呀？"

"蛋糕和葡萄酒。奶奶生病了，要吃一些好东西才能恢复过来。"

"那你奶奶家在哪儿啊？"小红帽指着森林的深处说："她的房子前面有三棵大橡树，周围是核桃树篱笆。"

这时,狼的心里打起了坏主意:这小东西细皮嫩肉的,味道肯定不错,还有那个老太婆也不能放过。我要想个好主意,让她俩都逃不出我的手心。于是它就对小红帽说:"小红帽,你看森林里的这些花多美啊!采一些给奶奶带去,她一定会喜欢的。"

小红帽觉得狼先生的主意不错,心想:"也许我该摘一把鲜花给奶奶,让她高兴高兴,说不定她的病还会好得快些。"

于是,她忘了妈妈的话,离开大路,走进林子去采花。她每采下一朵花,总觉得前面的花朵更美丽,便不停地边走边采,一直走到林子深处去了。

就在小红帽在森林里采花的时候,狼赶紧一溜烟地跑到了小红帽的奶奶家,敲了敲门。

"是谁呀?"

"我是小红帽呀。"狼装出小红帽的声音回答说,"连我的声音都听不出来了吗,奶奶?妈妈让我来看您。还给您带来了蛋糕和葡萄酒。快开门呀,奶奶。"

"你拉一下门栓就行了,"奶奶说,"我病了,浑身没劲,起不来。"

狼刚拉起门栓,那门就开了。还没等奶奶回过神来,狼就冲到奶奶的床前,一口把奶奶吞进了肚子。然后它穿上奶奶的衣服,打扮成奶奶的样子,舒舒服服地躺在床上,

还拉上了帘子。

可这时小红帽还在森林里兴高采烈地采花呢。直到采得两手都拿不了啦,她才想起奶奶,急忙回到路上,往奶奶家赶。

奶奶家的屋门大敞着,小红帽感到很奇怪。她走进屋子的感觉也与以往不同,心中便想:"天哪!这是怎么了?我今天怎么这样害怕?难道奶奶病得很严重吗?"

于是,她连忙大声叫道:"奶奶!奶奶!我是您的小红帽啊!"真是奇怪,小红帽一连喊了几声都没有人回答。她走到床前拉开帘子,只见奶奶躺在床上,用帽子遮住了脸,样子怪怪的。

小红帽忍不住问:"哎,奶奶,您的耳朵怎么变得这样大呀?"

"为了听清你说话呀,乖乖。"

"可是奶奶,您的眼睛怎么也比以前大呀?"小红帽又问。

"好看清你的模样呀,乖乖。"

"奶奶,您的手怎么也变大了?"

"为了紧紧地抱着你呀。"

"奶奶,您脸上怎么那么多毛呀?"

"奶奶生病,才长出来的。"

"奶奶,您的嘴巴怎么大得吓人呀?"

"为了一口把你吃掉呀!"

狼刚把话说完,就从床上跳起来,一口把小红帽吞进了肚子。狼吃得心满意足之后,又回到床上,美美地睡起觉来。

狼睡觉的时候鼾声震天,一位从屋前走过的猎人听到了,心里纳闷:"这老太太鼾打得好响啊!我要进去看看,她是不是出什么事了。"

猎人进门就发现,躺在床上睡大觉的竟是一条狼。

"你这坏家伙,我找了你这

么久，没想到在这里碰了个正着！"说完，猎人正准备向狼开枪，突然又想到，说不定奶奶就在狼肚子里。于是，猎人用剪刀剪开了狼的肚子。

他刚剪了两下，就看到了一顶红色的小帽子。他又剪了两下，一个小姑娘便跳了出来，叫道："吓死我了！狼肚子里黑漆漆的。"

接着，奶奶也被救出来了，只是有点喘不过气来。小红帽跑到门外，搬来几块大石头，塞进狼的肚子里。狼醒来之后拔脚就逃，可是肚子里的石头太重了，它刚站起来就跌在地上，摔死了。